U0455190

i

imaginist

想象另一种可能

理
想
国
imaginist

流溪

林棹 著

上海三联书店

我要行一段长路

去阿瓦隆的深谷

那里永无冰雹，或雨，或雪

那里风吹也无声

——《国王叙事诗》

目 录

一　鞋盒

01

一只鞋盒放在那里——潮湿隐秘的角落。它被藏着。先是主人藏着它，后来偷儿也要将它隐藏——盒口渗出亮光：肉桂色、黄桃色、玫瑰色，盒内是松散花园和腻滑胴体……彻底掀开吧：女体女体女体，纷纷扬扬，飘了满天满地。露出太多肉或过分凑近肉就会丢了人样。你就要犯糊涂：咦，原来人也可以是肉的山峰、海沟、平原、风化石柱。

有一只手，有一场雨，一直抹，一直下。用油性笔画过玻璃吗？鞋盒就是用油性笔画在玻璃上的，每一笔每一画都吱扭吱扭发响。手和雨拿鞋盒没办法——唉，它早该被暴雨打走的。

　　杨白马独居。相比绝大多数异性恋单身汉，他的房间布置过分阴柔。房子在一楼，被生肉色老公房和蒙尘的石楠丛环伺。也可以转动记忆的棱镜只看那些香樟：树皮的裂纹，永远年轻的白头鹎，青白花序熟做紫黑果串。同时幻想一屉樟脑香，流离浪荡，漫过晒得发烫的白被单。

　　我的单人床和他的双人床相隔一千三百公里。早在我们仅是代号之交的千禧年，他就时常说起卧室、落地窗，以及总在下午被热风轻轻托起的窗帘。那时我还是个高中生，穿白短袜、黑皮鞋。那时的"说"也并非字面意义的"说"，而是一串串魔法字符在压扁的黑水晶球上闪现又消失。

　　后来我知道，关于那卧室，他从未讲到的部分比他讲了又讲的部分更美。比如他从未讲到墙角的石莲属植物（夕阳的马林巴琴）、偶尔掠过的鸽群以及一种别致的懒洋洋：暖乎乎的，钻入你脑中像回旋的鸽哨声。情色短剧（哎这就是他讲了又讲的部分）在此间频繁上演。无数姑娘造访那卧室，靠在门边咬唇深思，被他从背后请进去，瞻左顾右，东拉西扯，下一秒，躺倒在床，衣裤乱扔。没有访客的夜晚，他夹着话筒讲述种种草木之遇，总有一根香烟横陈在旁。烟线笔直上升终又涣散，像那些虎头蛇尾的人生。我可不是唯一听众！头半年，我认为他是浪荡子、欲望反常的轻佻鬼，在日常生活中不太想得起他。那时鞋盒已经在那儿了。这么说吧，鞋盒放在九分之四处，杨白马站在九分之七处；九分之九的地方，就是我，正在抄下"我要行一段长路／去阿瓦隆的深谷／那里永无冰雹，或雨，或雪／那里风吹也无声"。这段诗来自魔市，在某些个街区被贴得到处都是而真身、出处早已不明一如魔市的万事万物。至于魔市是什么，让我从头说起。

我和杨白马在魔市相遇。"美妙的无花果，"罗塞蒂家族的苍白浆果写道，"在口中咀嚼；／金盘里堆着冰凉的西瓜，大得没法抱；鲜嫩的桃子带着茸茸细毛，／没有籽的——／那是透明的葡萄……这一切／你可曾想到？"——打赌你想不到。千禧年，空间坍缩，时间获救。纯粹、纯粹的时间！匀净的、无水黄油般的时间。时间覆没大地，微醺的水手点时成金，成快箭、利剑，成蹁跹的裸女、独角兽、洞穴和焰火、坟茔和荒骨、海床与方舟。大气能见度高时，你能望见魔市高悬于碧蓝天宇：一抹苍白映像，核雕般精细，如同银色月球盛气凌人的姊妹，与真实世界平行，幅员是人类文明的总和。

魔市的物理形式是电线、大小不一的盒子、一种压扁的魔法水晶球和一块符文托盘（每个符文字块背面都偷装了弹簧），其入口则是爱丽丝的兔子洞、连通纳尼亚的苹果木衣橱和野比家的二十二世纪抽屉。千千万万根走火入魔的手指踏着符文跳舞，噼里啪啦，噼里啪啦，然后手指们发现自己已经置身匿名之神的无垠封地。看我。我现在是戴墨镜的德鲁伊。我希望像个更好的妈咪或弗兰肯斯坦，培植一种与外头那个我全然相反的新人格。但希望落空。我拖着我的金枝：油漆剥落、长而无当。我在粉色、绿色、糖果色沙漠孤身跋涉并误入文学青年的绿洲。T.S.艾略特的荒原蔓延至瞻望弗及之处，暗示了场景主题和时代风气；德鲁伊大可随意挑一顶毡房，掀帘而入，盘腿坐下，彻夜倾听俄耳甫斯教徒大谈灵魂和毕达哥拉斯，或参观半路出家的医学生解剖陀思妥耶夫斯基假体——无论怎么选皆是水中捞月。等到太阳升起（赌徒虚掷又一枚金币）我已从伯格森之溪掬过水，但并未发生"掬水月在手"之类的好事，事实上，啥都掬不上来，只好袖起干燥的手观摩不远处的男女混浴庆典。我翻过一座又一座沙丘。我滞留山顶，听了好几场弗洛伊德宝训，抓着布道者发放的人格塑料镜照了又照。我路过兜售童贞、才华、打口碟和莫罗式血腥的露天市场。我继续翻沙丘。我误入另一片绿洲，连绵旷野在那里蒸发成粗盐，数万辆大众T1堆出的赛博废墟重构了金斯堡出让的天际线；荧光棕榈呼出泡泡，穿戴印第安发饰、流苏坎肩和牛仔靴的男男女女环集在柳条人膝下燧木取火。他们教我养生之道："早点儿活，快点儿死。"我咽下地下丝绒浓汤、大卫鲍－伊－基波普拌菜、炭烤大门、碎南瓜；我把乔普林生吞活剥，又整个儿吐了出来。消化不良引发胃反酸。你见过那么多胃酸吗？胃酸甚至涌出魔市，把补课日的数学课本都浇湿。我在道旁树下见过一种狗屎，没消化的胡萝卜丁如红宝石镶嵌其间——类似玩意儿开始出现在作文本里：湿软不成形的长句掺杂着颗粒状的普鲁斯特、加缪和罗伯－格里耶，糊满方格纸。暴食之旅的终章：一个资历颇老的搭车客试图借一场耍蛇表演骗走我的电话号码，我在此人得逞前一分钟幡然醒悟、夺路而逃。我逃上齐柏林飞艇，啊，我穿过无害的彩虹，我望见自己没上过大学的爹哋妈咪和四眼中学老师绝无可能带我望见的树冠、冰川、幽暗沼泽。我坠落，降落伞在头顶砰一声打开。我试探激流。我招惹利齿野兽。我猛拍一扇扇光怪陆离的大门像合格的惹事鬼那样一边尖叫一边猛拍过去。我把自己挂上俯瞰深渊的长剑尖梢，感受悬空、失重种种险情，脚下，魔市无边无际的夜景乘风而至——一片分不清是灯光、星光抑或血光的光芒之海。

成为魔市旅人的第二百八十九天，遍历上述景点之后，我踢到杨白马，于没有马的马车旁。游吟诗人杨白马，肌肉绵软、肤色模糊，头发蓄得又厚又乱，抱一把泡沫塑料琉特琴。"我的马死了，"他歪着脖子说，"死在奔向你的路上。"他穿一件长衫，一件无色无缝的卡夫坦，唯同道中人有本事凭借布料的振动辨识其材质，凭借经纬线上隐秘的石榴香辨识其产地。多亏这件卡夫坦，杨白马出落得散漫、感伤，出落成阿尔玛-塔德玛画中永恒走神的无性美人，或在弗里德里希废墟里打地铺的流浪汉。微笑的幅度声明他心不在焉。啊呀，得了表达亢进症？可怜。

我喜欢诺巴蒂博士发明的专有名词"Hypermonologue"："超"（hyper-）与"独角戏"（monologue）的化合物——从隔壁"性欲亢进"（Hypersexuality）借来的灵感。说到这儿就不得不提"性欲亢进"的一对古典前身：萨提男和宁芙女——前者适用于性欲亢进男性患者，后者则是女病患专属。诗意，感觉到了？这个小细节是有必要啰唆的——于是稍后，当我（幽默地）称几位主人公为"萨提"和"宁芙"时，你我就有默契在先了。

回到表达亢进。这类病人无法停止表达。表达自我。代表世界表达其自我。一家伙掏出一嘟噜骷髅头。表达是他们天赋神授的乐园，是他们的圣林和四十柱宫。咴，他们替你推开了银光闪闪的花园大门。郁金香、大马士革玫瑰和海枣树遍生其间，青金石和翡翠钿砌的雄孔雀昂首阔步，姜味甘泉汩汩流淌，碧蓝天穹渗着金汗。你刚被这暴发户趣味惹恼，主人即已麻溜就位，从对面慢慢踱来，把事情搞成一场偶遇。那么就聊聊呗。什么都聊。嘴唇似鸟翼翕动，飞过万重山水万重云；无有穷尽地口吐野花，吐成一个芙洛拉；落花化作春泥，养出笔直鱼钩。他们总给不谙世事的咬钩者一种印象：可不是逢人就讲哟，我们是作风稳健的精测师哟，先是望闻问切，然后是评比、考核，根据最终得分判定你是否够格赢取花园门票。

把表达亢进、浪游病和收集癖丢进坩埚，研磨，捞匀，加热，嘭，我们得到杨白马，提着满满一琴盒爱的号码牌。海盗：20310，德鲁伊：71012，星际摩托车手：49328，抄经员：54079，鬼知道还有谁。每当午夜降临他就让一张唱片转动起来（播放键飘浮于群星之间），挑选一个从未见过的号码开始表达。表达什么呢？不外乎那些吐了又吐的鱼钩——香樟树，卧室，姑娘，旅行见闻，自找的刺激，"诗意与诗"。他也会做些引导，用银质小刀在你身上划口子，让你排出堵塞血管的陈年旧事、积耻或隐痛。

是啦是啦。那时的我只是个高中生。我不知道他姓甚名谁。我将童年秘史全盘托出。怎么了嘛？你可不可以换位思考——假如换作是你，可能比我干得更过火。

一根没完没了的电线穿过海洋和树林、楼群、沙样的山丘、沙样的夜色、星月、灰的云，连接起相隔一千三百公里的两片魔法水晶。女高中生鹿视那曲面晶片，一边与内中魔音斡旋，一边提防随时可能持械闯入的青少年风纪委干事（就是我妈啦）。讲，还是不讲？羞于启齿的经历难道不是奇珍异宝？……指肚注满水银，犹疑地摩挲符文字块……"好吧，"我敲，"我要开始讲鞋盒的事了。"

03

我十岁，也可能是十二岁。我已经知道爸爸在家里藏了些……三级货。在学校里我们都这么说，"三级货""三级货"。我们都以为"三级"就顶天了，我们不知道还存在着四级、A级、H级。我们只有十岁、十一、十二岁。

更早以前，一个半夜，爸爸在客厅看录像。碰巧，我从我的房间走出去。我要强调那是"我的房间"，因为我打小就拥有一间自己的房间，可我并不稀罕，对我来说那只是闹鬼的房间及其他。对我来说，当爸爸妈妈决定把我从他们的双人床铲除、轰走，世界开裂了。那是世界第一次开裂。我是被吸尘器吸走的节肢动物，尖叫着，生生扒下一层床皮、地皮。我自己的房间闹鬼。我悬浮在单人床上，不断涌出来的鬼一下子就淹没了我。我的房间、爸爸妈妈的房间、整个家，在午夜过后都可能闹鬼。你看——我穿彩色睡裙，挤过那些鬼，走出房间去。我不该出去的，正如我不该出生。客厅是一口蓝荧荧鱼缸，墙上光影扭动，而爸爸是背对我、潜在藻丛深处垂钓的渔夫。突然，表情如梦的渔夫怒不可遏，藏鱼竿的动作极尽滑稽，那股滑稽劲儿对他的金身造成一定程度的腐蚀——纵观我十二岁以前的日子，腐蚀的程度是罕见的。

我逃得很快，像小鱼苗，嗖！也像我的房间不慎流出的一截鼻涕。

于是鞋盒登场时我恍然大悟：这个鞋盒，这些三级货，将一辈子跟着爸爸，哪怕我们搬家，搬去人间任何角落，它也会吊靴鬼似的跟着，像爸爸溺爱的我的小弟弟（只是打个比方，我是我们家的独女，妈妈抽屉里躺着一本《独生子女光荣证》），是爸爸永远舍不得抛弃的。在被称为家的地方，一个秘密地点，它缩着，呼吸声压低——是爸爸为它精挑细选了藏身之处。就算光阴裂开血盆大口，日子像楼群、马路、逃命人潮一样垮塌、坠落，有些回忆也还是安然无恙的。它们飘起来。

它们飘起来不是因为它们特别轻。它们飘起来是因为它们分泌黏液，可以附着于空气。热带太平洋地区活着一种名叫皮孙木的植物，也有人管它们叫捕鸟树。为了让鸟做传宗接代的奴隶，它们进化出藕立立的籽实。可就惨了鸟。浑身种子，等死。想想吧，一只被蚂蚁或蜜蜂密密麻麻爬满的鸟！它们想要摆脱种子，它们啄自己的羽毛，啄啊、啄啊，发了狂。它们可能是死在自己喙下，也可能是被无法停止的啄羽动作活活累死。总之就是死了。死之前挣扎出一段距离。就那么一段距离，对母株来说也就足够。种子搞死了鸟。种子在鸟肉糊滋养的土壤里狂喝滥饮。种子长成新的皮孙木、俘虏新的鸟、搞死它们。当回忆像皮孙木种子一样黏满我时，它们可管不了什么秩序、顺序，它们蜂拥蚁集、彼此倾轧。因此就算我弄混了那些回忆的顺序，也值得原谅吧。这样，在十岁或者十二岁的暑假下午，我看了会儿白兰树在阳光底下摇……我感到我应该去找它——应该去找它，把它从那个只属于爸爸的窝点挖出来，让它也属于我，让它成为我凌驾一切的秘密。

很快我就发现，爸爸是潦草的藏宝人，而我是轻松制胜的夺宝奇兵。

女童版印第安纳·琼斯压了压她并不存在的牛仔帽。空气一下子绷紧，丝丝拉紧，从紧绷的纤维之间渗出蜜糖，"现在我们出发，"我说，可能是对玛丽安·瑞文伍德说，也可能是对腰间长鞭说，反正她和它都是我的虚空伙伴。我早就认识虚空伙伴了。一切始于一句咒语。上学路上、放学路上、向着墙的床角，随便哪里，只要没有旁人，我就念起咒语。于是我既是骑士又是侍从，既是王子又是公主，也可以同时是骑士和侍从和白马和恶龙，同时是王子和公主和皇后和苹果。我先从爸爸妈妈的卧房开始。我清楚记得一片树影沿着墙壁爬行如左顾右盼的鸡蛇兽，为寻宝行动增添了奇趣。鸡蛇兽埋头舔吮床头柜上陶瓷白鹅近乎病态的肉冠，我则严查了衣橱、抽屉、床底、一幅挂画（画框里坐着浓妆艳抹的影楼妈妈）的后背：一无所获。我和我的虚空伙伴叽叽咕咕、交头接耳。我们决定做战略性转移。我的房间不在我们考虑之列，因为我们都不相信"最危险的地方就是最安全的地方"。在厨房，我揭开了所有金属盖、玻璃盖、塑料盖、藤编盖。我拖出冰格，挪开冻肉。我颠倒菜篮子。我翻到一支被世界遗忘的手电筒，腔子里的电池已化成臭水，而我依然用它不存在的光束刺探家具夹缝，搅动内间灰尘；我为手电筒赐名：法老的失落之杖之类的什么玩意。我们差一点就满足于这件意料之外的圣器、放弃追寻传说中的稀世奇珍。

我们是在客厅电视柜（而非约柜）里破获了宝藏。

这个地点让所有人失望。"什么？"我们中的一个大声疾呼，"くそ¹——！我们白忙了一下午！"

鞋盒还在柜里就被粗心大意地碰开了盖。前所未见之光涌出来：肉桂色，黄桃色，玫瑰色。我们纷纷下跪以便凑得更近。法老的失落之杖从我们手中滑落并再度失落。

"然后呢？"水晶薄片问。

然后……我触了触 W 键。缩手。又触了触。

"盒里的东西，你拿出来看了？"

对，我看了。是 VCD。不是出现在周末家庭卡拉 OK 大会上象征光明喜乐的透明亚克力扁盒，而是内膜套、对折铜版纸和劣质塑料袋组成的蔫软皮囊。要小心那些塑料袋：一不留神就撕破了。我撕破过一个，当场如丧考妣。封面通常是颗粒粗大的彩印画儿，直击要害地展示"本片特色"；内膜套总是嘟噜出一截，一个个儿的，像歪舌头蚌。这一鞋盒 VCD 是我人生第一套性教育课程，为我奠定了性的初始形象：简装，便利，软塌塌。

整个暑假我都在上课。每次我都把点播课件原样摆好，再把鞋盒原样摆好。我关注秩序（《欲海浮沉》之

---

1 "可恶""混蛋"。日本动画片常见台词。

后是《蜜桃成熟时》,《金瓶风月》天然地位于《飞行规则》和《女校体育老师》之间，可有时，既定秩序会被行事轻快的大手彻底打乱，于是一切又得从头开始：记忆、背诵、再现）。我向来对细节精益求精。我自信有资格受颁初级品鉴家头衔。我开始沉思：这些东西都是哪来的？我想象爸爸搜罗VCD的画面，是他本人搜罗，还是打那时起就常来我家的小周叔叔替他搜罗？我知道爸爸花钱的气魄——和妈妈截然相反——爸爸给我的零花钱总多出我的要求三倍，只给钱，不废话；妈妈则只给一半到三分之一，边给钱，边废话。十或十二岁的我终于得出结论：爸爸或小周叔叔是闭起眼睛抓的。因为我在那座私家富矿里找不出任何风格或体系。有黄皮肤、白皮肤。黑皮肤倒是少。有布和肉平分秋色的，也有纯然是肉的，甚至纯然是布的，还有金棕榈——封皮上印着"性，谎言，录像带"，躺在那里，讥讽我。许多年过去，我在某份金棕榈电影名单上和那个片名重遇——立刻在黑漆漆的记忆洞穴里踢到那个鞋盒。嘭。已乍醒的迅速回涌，仍在睡的继续等待。我记起詹姆斯·斯拜德的金卷发、希腊脸，我记起那个骗来骗去又不可思议地归于幸福的故事。它是鞋盒里的错误。它飘起来。那个暑假是消音的、纷纷攘攘的肉，"它则飘起来，说不出的异样。"女中学生敲着键盘。

"这么说，你的经验老早就开始了。"

"理论经验，嘻嘻。"冒号，右括号。

"有趣。我们会成为朋友的，因为我们在许多方面有共性。"

这就对了：有共性。只是彼时的我们皆无力预见那"共性"的疆域是何其广阔（我是中央孤独的海星，绝望地蠕动五条手臂）。

04

我叫张枣儿，一九八三年生于咸水城。和我同年出生的有菲利普·拉姆、艾米·怀恩豪斯、爱德华·斯诺登、苍井空。我爷爷张宝田参加过平津战役、渡江战役、两广追击战和解放海南岛，九七年死于气功迷信。我姥爷高世春不识字，四七年套上家里唯一一条裤子跑到镇上参军，十万大山剿匪时困守深山禅寺差点死掉，九七年摔了一跤真的死了。我奶奶陈坚、姥姥李晖都曾是揭阳地区进步少女，土改时期做过妇女干部。

我爸张新国，我妈高建文，五〇年代在南岭以南呱呱坠地，都是老二，成分配比也如出一辙：二分之一试管乌溜溜河北血，二分之一试管绿袅袅岭南血，一通勾兑，一阵红烟，两个半黑半绿的裸体小人儿就蹦跳出来，鞠躬，敬礼，摇鲜花儿。二十二年后，当年混合爷爷奶奶、姥爷姥姥的土改小组长谭定珍见"俩孩子"正好差一岁，都明眸皓齿、青青壮壮，便又登门做了一次媒，再二十二年过去，还是这个谭定珍，老极了，缩成一个小矮人，一脸黄泪，在追悼会上抓住奶奶姥姥的手念个不休："对不住二位老妹妹，对不住二位老妹妹。"那是二〇〇二年。

我恨起来，连谭定珍也一起恨。

从追悼会上跟回一只黑鸟。定然不是乌鸫，乌鸫没那么沉的衰气、怨气；不是乌鸦就是乌鹊。过去，妈妈一见乌鸦就连声发咒，所幸咸水城少有乌鸦。黑鸟在头顶盘旋，催我啄我。既然赶不走，我就习惯了它的催和啄。它是一定要讨到结果的。有时它压着回忆之湖飞，我不过上来换口气，它就狠狠冲我、逼我下沉。湖底潜着一条勒杜鹃长廊，一只砂轮在藤影间永恒地转。杀过几十号人的爷爷退休后改做木匠、刀匠、玩具匠，把晚年、木料和不锈钢条推进砂轮下。他做过一种巨型瑞士军刀：纯不锈钢材质，十来斤重，夹层里的暗件经得起没完没了地搜，尖刀、水果刀、一字螺丝刀、刨皮刀、锉刀、挖耳勺、牙签……不可尽数，因为没人搜完过。刀匠在一个阖家团圆的午后突然展出这架宝刀：双手托刀，左手高些，右手低些，河北颧骨上挂着标志性的缄默之笑，受到孩子们欢呼声和大人们捧场式好评（他们最会这一套了）的激励，又连夜赶制出四把，分别颁给家明哥哥、我、佑恩弟弟和小叔叔。也做万花筒：瓦楞纸筒身，外包一张彩色赛璐珞，捏在手里噼里啪啦响。一只眼闭起来，一只眼贴上去，对准亮处，转动。满得溢出视孔的不知是光、欣悦，还是金黄蜂浆；三棱镜宫尽头，七个六边形合成的（亮度在中央达到顶峰，再温柔地黯淡下去）光芒之上，爷爷经年累月捡回的塑料垃圾终于摆脱诅咒恢复本来面目——一千只彩虹精灵，在光的漩涡里翻滚、跳跃，拥抱又分手，一圈圈，一圈圈，在晕眩中上升，无声地，飘浮般，以更快的速度更明晰的动机拼出不再是抽象的平面几何而是星星、蓝花雪割草和六角宝盒，而后哄散，占据六的无穷次方个角落，围猎银白的光明。那支独一无二的万花筒一度是我、家明哥哥和佑恩弟弟尖叫着冲进长廊的重要理由，有一天它也终于年老色衰，又或是哪个坏家伙将它开肠破肚，妄图独占筒中一掌半长、着魔的时光。后来再也没有万花筒。那是我实打实触摸过的魔法，我每天触摸一遍。我忘了它是什么时候、从哪个地洞永远坠了下去。再没有人提它。我也没有。

然而还有别的、接踵而来的宝物。弹弓。孩子们立刻掀起争夺战，我甘愿扮演家明哥哥的侍从，佑恩弟弟被孤独感碾碎并嚎哭了。小型老鼠夹，诱饵是路口小店买来的花生米，总被发现松着口仰躺，花生米不保。木头小屋。木头人（没有脖子）。防护贴，改造自过期筋骨贴膏，围歼了门把手、桌角、鞋跟和水壶柄，散发日趋平淡的药味。土方药酒，六只一周龄小鼠躺在液体琥珀底部长醉不起。当爷爷，套一条五五式藏青军裤一次又一次手捧简陋奇珍出现在长廊口部，总有一束侧光打下来，使每个那样的时刻都似被福尔马林泡发的标本。一个孙儿奔向他，又一个孙儿奔向他，像坚定的跳水运动员，像洄游的闪光的鱼，要去那不可重回之地、投那不复存在之怀抱。等到这些画面统统被卷走，就只剩平缓的湖床、斜插的长廊，无人回答的问题搁浅在那里，像空的船。

二　雾

05

　　二〇〇一年，窗外风景从亚热带永夏的丘陵剧变为盆地和没完没了的浓雾。一千三百公里的迁跃，相当于扯掉旧幕布挂上一幅新的——是这样吗？

　　是的——如果把人生头十八年和站在"送客止步"牌子边目送我决绝远去的中年夫妇擦掉不计。你会发现大一新生张枣儿、高中生张枣儿和社会青年杨白马构成了一枚等边三角形，也许不是正正好，但也足够做成隐喻，它可以是正立的湿婆，倒立的时母，或霜巨人冰冷的三角心。二〇〇一年初秋，张枣儿意识到——从那枚等边三角开始——世界由隐喻构成，隐喻套着隐喻，层层相含，以至无穷。

　　行李箱里尽是肥皂泡，泡泡膜上扭动的彩虹条纹是自由的光波。我走啊走啊，身如燕轻，头也不回。我候机。我深刻品尝了明亮。通道那样大，玻璃那样大，停机坪那样大，就是为了让足够多的明亮闯进我的身体。明亮比黑暗凉快，比黑暗轻。我从头看到底。我看到机身升入静寂的、月光耕耘的平流层。凝固的白浪。覆雪的平原。爸爸妈妈坍缩成云层之下一抹虚影，我淡漠一瞥便抛诸脑后。我又跑到机舱外看我自己：被舷窗框住的脸因不切实际的幻想的占据呈现梦游神色。女神的雪橇队经过了，远去了，留下冷却的铃铛声。

轻而又轻的一天。时隔多年，那轻而又轻的一天生机犹在。如果你推却一切责任，对他人的痛苦视而不见，去拥抱巨大的明亮、明亮的寂静、寂静的自我，你就能短暂地占有那种轻而又轻。

06

高考前五个月，我在风景园林和汉语言文学之间犹犹豫豫，最终选择了前者。妈妈城门失火自身难保，无暇顾及徘徊在河岔口的我。爸爸呢，某年某月某日豪兴大发，花一个多小时教我做了道应用题（赢得一个红叉），那便是他在我课业上的唯一建树。

妈妈时常起火，像清明前后的山，像干燥季节的山。妈妈不起火的时候，身上散发淡淡的焦味。那些焦味时而粗、时而细，从未中断，像捻住阿里阿德涅之线那样一路捻过去就能穿过年年岁岁、抵达焦味的巢穴：一个火光冲天的周末下午。

　　只有我和爸爸在家。爸爸在主卧，我在主卧隔壁的"电脑房"。"电脑房"是从主卧挖走的隔间，墙根处装通风百叶窗。你随手一敲，笃笃声便同时在墙板两侧弹跳，不开灯就伸手不见五指。"电脑房"常年为我提供两种娱乐项目：光明正大玩电脑（九三年发售的《波斯王子Ⅱ》《大富翁Ⅱ》，九四年发售的《大航海时代Ⅱ》）、黑灯瞎火搞偷窥。当时的我选择了第二种。我既没开灯也没吭声，我背靠墙板和虚空伙伴玩耍。我指着百叶窗介绍："看呐，对过那个躺在床上的人，就是山鲁亚尔大王。"越有安全感，前来集合的伙伴就越多，因此那个时刻的伙伴是很多、很多的，漆黑中密密麻麻的尽是亮晶晶的大眼。隔壁的爸爸浑然不觉，举起大哥大——突然虚空伙伴全散了，极罕见地不辞而别——是吓的，因为紧接着，我的心也咚咚狂跳，脑门轰地起火，火苗沿脊柱往下窜，然后爸爸对大哥大温柔倾诉的那句话才以回声的形式被我（向来是）滞后的智识接住：

　　"你骂呀，你骂得我心里麻酥酥的。"

我，一个着火小孩，凑近百叶窗，再三确认那个男人是不是我爸爸。我爸爸还在讲，嬉皮笑脸，摇头摆脑，每句话都是一泼新油。轰。轰。轰。火烧得心头发酸，酸得眼睛也闭起来。

　　我觉得羞耻、受伤。

　　许多的羞耻、受伤，像石油——我还记得九一年科威特石油泄漏事件的新闻画面，被石油逼死的鱼和鸟，被石油逼疯的马——难以洗脱，更不好用力剜，只能留着它们。我成了一颗浑身是芽的土豆。有些芽发得很高了，有些还是芽点，可它们终究是要发出来的。应该告诉妈妈吗？唉，我没了主意。妈妈一讲完睡前故事（儿童版《天方夜谭》，"终身不笑者的故事"）我就拽住她。我根本没听故事。我一直在着火。吃饭着火。散步着火。洗澡着火。练琴着火。

　　"妈妈，我有一件事，不知道要不要说。"

　　"要说就说呀。"

　　说的时候，火又来烧我。我浑身难受、痒、羞耻、疼。

　　火过到妈妈身上。妈妈立刻冲出去，身手十分矫健。妈妈年轻时是林场女篮队的，乒乓球也打得好。我听见妈妈和爸爸大吵大闹。我听见爸爸的借口、谎话。连虚空伙伴都连连摇头，"太假啦，太假啦，噫。"他们围着熊熊燃烧的我说。

妈妈原谅了爸爸（不然呢？）。爸爸只是骂了我一顿（谢天谢地）。那股焦味却没有熄。焦味另一端是一张碎脸，是所有碎在草间的花瓣和夜露。考完最后一门我轻轻松松回家，我从某个高处下来，我站在那个高处把准考证撕得粉粉碎、扔向空中，我闻到前所未有的粗壮焦味。

"妈妈你怎么了？"

"你爸在外面有女人了，他要跟我离婚。"

我反复咀嚼那句话。句式，语调，词性。你爸在外面有女人了。外面。有。女人。我颇做过些调查，你知道有些妇女可能会这么说：你爸勾搭上别人了。或者是：有个野女人勾搭上你爸了。你爸被狐狸精勾走了。你爸被鬼迷了心窍。林林总总不一而足。家母选用了一种相对中性又足够清晰的表达方式。她明确了这场灾变的主犯（"你爸"），安置了一个雾蒙蒙的动词（"有"），温和地区分了敌我（"在外面"）；她暂时对从犯不予置评（"女人"）。这诞生于电光火石间或深思熟虑后不短不长的句子，彰显了她的……"软弱！"我劈头就说，"在他面前你就是太软弱！早离早好，他第一次打你的时候就该离了。"

独生女的远行是一柄感伤之伞，吗？等到航班讯息、旅人和行李推车漫天乱飞，妈妈和爸爸不知怎的又站在一起，站在伞下。"照顾好自己。"爸爸说。"注意安全，不要去危险的地方。"妈妈说。"钱不够用就告诉我。"爸爸说。"按时吃早餐，不要不吃早餐。"妈妈说。不知哪些情绪是真，哪些情绪是戏；不知演员是如何咬牙切齿地演下去——又或许不至于那样用力，因为已经入戏那么久，况且离情催眠了旧恨。独生女这个词开始松动，像即将被挤走的牙要留下黑洞洞、臭烘烘的牙槽窝：我将不再是某个男人的独生女，而二〇〇一年初秋那个白亮亮的辽阔时刻，我心不在焉、一无所知。

07

下午的时候，小孩和爸爸在门口碰上了。爸爸说："谁允许你穿裙子出门的？"小孩说："哎，下次吧，我要迟到了。"爸爸眼睛一下子瞪大："少他妈废话！去换裤子！"小孩眼泪涌出来，咚咚咚咚跑楼梯，换裤子。

另一天爸爸认为小孩应该留短发，拿起剪子咔咔咔咔就剪。是在门前空地剪的。天上围一圈绿树枝，颈上围一圈白布，脚边围一圈黑头发，眼眶围一圈银泪珠。第二天有个同学笑小孩的刘海、发脚，问她家是不是穷得连出门理发的钱都没有。

小孩当然记得那些鸽子，爸爸养的，在顶楼。爸爸让小孩骑膊马，于是小孩比爸爸更高，可以望见边境的青山、铁丝网和山顶哨所。爸爸逐一打开笼子。小孩对鸽子说："咕咕，咕咕。"那时她会说的字还不到二十个。鸽群一下子飞起来。岩石色羽毛显得坚毅，头颈闪着绿的紫的宝石光芒，盘旋，一圈一圈，绕着小孩和爸爸，是他们永远的好伙伴呀。下一个镜头里它们变成鸽子汤、鸽子粥，爸爸一勺勺喂小孩吃下去时只说是鸡粥。许多年后爸爸又再讲起，讲了真话，讲得温柔、得意。

　　如果你跟小孩去阳台就能看见兔子。不知哪来的，先是一雄一雌，都是白毛、红眼。经由它们，书与真之间的互证关系第一次可见可触——果然是红眼睛的小白兔，两只耳朵也果然是竖起来。爸爸亲手给兔子做家：铁丝网的大笼，两块木板搭出坡顶，干草的床，小门一开就吱拗吱拗地响。爸爸接小孩放学的路上掐停自行车，在几株蒲公英前蹲下，"奶浆草，"爸爸信口胡诌，"小兔子最爱吃。"小孩窝在后座里看爸爸摘草。后座也是爸爸做的，远看像只竹筐，小孩在里头小小一团，脑袋露出来。只摘过一次就记住了，此后每天放学都想办法摘一把。白的浆液淌到手上，一下子就变得脏兮兮、黏糊糊。刚出生的兔宝宝，爸爸执意要捧出来给小孩看，被兔妈妈咬得鲜血直流也毫不在意。小孩摸了摸兔宝宝——无垠的奇异在温热毛团内跳动，小孩突然连连跺脚，把受那奇异启蒙的小手整个儿塞进嘴里。兔妈妈在笼子里尖叫。后来爸爸把兔子一家四口炖成红烧兔肉，夹一块给小孩。小孩开口拒绝，却立刻在爸爸圆瞪的怒目下屈服了。眼泪滴在兔肉块上。唾液变得浓咸。小孩把一切混在一起，吞了下去。

08

西南盆地是一口平底锅，浓雾城是锅底中央一勺油蒜泥。古迹、杂技、辣和雾——马虎人通常如此概括。我留恋的则是藏在绿窗帘褶皱间的午后：移开暖水瓶时发现米色砖面上遗留着半弯水弧；木芙蓉皱草纸似的花儿；一只半梦半醒、含苞未放的手从上铺护奢拉下来；谁的早熟的高跟鞋翻倒在地，鞋跟指向窗帘布上一小块污渍。

我们这些十八九岁的汉族姑娘，"少数派"，见识了藏历新年、彝历新年、五十六个民族大会师和百人同浴的场面，在这种午后被慵懒和困倦吸紧。脚趾得以舒展，筋骨和关节在啪啦啪啦的松动声中找一个奇妙角度，就这样懈怠下去。这也是杨白马的窗帘和杨白马的午后，有一天我终于不无悲伤地坐在杨白马身旁，那些徘徊不去的光影——鸽群、树叶、布料——让我又再想起女生宿舍，想起姿态各异的姑娘们，还有经盆地光线雕琢过的沙样的肌肤。各处的慵懒困倦都相似，它们简直就是一个：所有这些女神踩着光线降落，集中又分散，数目众多；她们侧身躺下，用薄纱抚弄你，你以为是风、是滞重的温度，你的半边心脏已然熟睡，另外半边还醒着——每位女神都一样，同时她们又相亲相爱，于是每次你都感觉到一连串的她们，那是你有生之年经历过的所有慵懒困倦，每一个新的慵懒困倦都会将曾经有过的那些带到你面前，你是在所有女神为你搭起的拱臂下穿行。

我说："你在所有女神为你搭起的拱臂下穿行。"杨白马伸直了腿。我向他描述了女生宿舍和姑娘们。他的姑娘们呢？我没有问。我们用一个上午参观了热岛一角。这是布满阴影的热岛，他们选用枝粗叶茂的英桐来强调光影效果，年代久远的建筑本身就是阴影。一个上午显然不够，然而有更重要的事情等着我：参观杨白马身上的阴影。啊我爱他白惨惨的肤色。肌肉是一绺一绺的，像最柔顺的发丛。脖颈到肩膀——两束肌肉柔软的分水岭——我的指尖缓缓驶过。锁骨，两道不太坚定的堤，喉结推鼓的浪潮涌进堤口，涌至胸腔，开始下沉，最后只剩涓涓细流滑入脐孔，那幽深洞穴，一条乱蓬蓬的草径在洞外延伸，通向光线更暗的禁地。我像小兔在其中迷失了。

　　还是二〇〇一年。我有三十二个同班同学，其中三人是我的室友，她们是李黎、孟小婉和赵静。此外，一些闪闪发亮的姑娘在校园小径和澡堂里吸引我的注意。俄罗斯族姑娘，虹膜是琥珀色。藏族姑娘在垢迹斑斑的莲蓬头下散开浓得惊人的及膝长发。"你看麦冬挂了霜，"李黎说，朝雾使校园下沉。人工湖，稠如藏式酸奶子，屏息静待它的囚徒（一群晨运鲤鱼）为它粉碎额头上的苍白日轮——在湖水愈合的同时，日轮又颤抖着，逐块黏合，恢复了魔力。有一天我发现自己能一下子认出挨打的姑娘。我故作轻松地求证："小时候你爸打你吗？"哇啦，全中。它作为一句话说出口的时候要容易得多。它是一种经历的时候，变得难了。最难的是作为记忆。作为记忆的它是一袋浓茶包，沉在体内，不断染黄原本清澈的水。摆在我眼前的是色调不一的水：有的清澈得骄傲，有的稍黄，有的浓得你望它一眼就失眠了。你看，毫无难度。我担心姑娘当中也有像我一样的鹰眼，于是处处警示自己。我变成舞蹈老师（一个强壮的北方女人，我从五岁起跟她学土芭蕾）手中细棒，敲敲自己的下巴，敲敲自己的背，探进水中飞快地搅，好让水质看起来清淡些。

　　一切还算不错。我逃课，以证明我有逃课的自由。

我独自搭长途客车进入藏区以证明我有独自上路的自由。我拒绝老乡会聚会邀请以证明我有拒绝的自由。我接受了一个高大的、黑墙般的藏族同学的吻，以证明我有亲吻和探索万物的自由——"万物"当然也包括"男孩"。我做了许多既像示威又像表演的事儿，观众是谁倒一时难说。我还写信。我写信以证明——想写就写。撕开信封的频率：每 1.5 周 1 次。我活在两个自然段之间。手写字镶边的窄窄间距像一道空径，供我行走和歇息。我喜欢把读信过程拆成几段，黏滑的欣快感于是拖得长长的，荡过一马平川的校区，从宿舍楼挂到教学楼，把沿途建筑都裹成糖茧子。

无一例外都是最标准的标准信封，寄信人栏里也无一例外只落一个"杨"字——也许是为了塑造一种懒散形象，也许就只是懒。诗人杨。影评家杨。篮球运动员杨。浪游家杨。花花公子杨。看啊，他身兼最让少女痴迷的数种角色。我提笔就写："学校外面是被加拿大一枝黄花攻陷的金黄世界，插花课老师组织我们横穿马路、大量采集，插出一件又一件以这帮殖民暴徒为（唯一）主角、题为'收获'的作品。"回信："整个下午，我和一个姑娘什么也不干，在窗帘飘起和落下的间歇相互抚摩……"；"昨天，我在阳台上看一只猫在车轮和车斗间穿行，我看着它睡下、睡醒又消失。"还有一些疯狂之夜：秉烛游街；把一辆路边的自行车挂上树梢；踩死油门冲垮路障——他朋友的车；诸如此类。彼时我对他的新旧姑娘们抱持健康、单纯的好奇，就像对待植物学课本里的十六万五千四百种双子叶植物。白天他在热岛各个时髦场所打零工，我则在"锦葵科木槿属植物环绕的"教学楼里啃《景观生态学》和《中国园林史》。一张秋日信笺驮来感人一幕："下午，厨房后门大开，法国梧桐落着金黄发脆的泪水，车轮卷碎泪水……我坐在一只塑料大桶上，这是休息的钟点，小王骑车回来了……我看见车篓里的青椒、胡萝卜和卷心菜慢慢进入阳光底下最后停了下来，每个蔬菜都身披怡人反光……小王洗菜时，总哼同一支小调。"受强迫症驱使，我掐着太阳穴写下："你提到的'法国梧桐'，哎呀，其实是二球悬铃木（*Platanus × acerifolia*），属名和种加词中间的这个 × 说明它是杂交种——三球悬铃木（*P. orientalis*）和一球悬铃木（*P. occidentalis*）朝东暮西的结晶——对的它们都是悬铃木属的，所以如你所见我把 *Platanus* 缩写成 *P.* 了——要说俗名的话，二球悬铃木俗称英桐，倒是三球悬铃木才是货真价实的法桐咧。"他在电话里为我哼唱了小王之歌但没有再提（任何一种）梧桐。是的，他已经搞到我的小灵通号码。他总在午夜拨通我的小灵通，而我总得披一件外套小跑到乌漆墨黑的楼道尽头接听，电话铃声泼了一路……大部分谈话内容被遗忘了，被他也被我；幸存的那些如同枣干，让我一次又一次尝到甜味。每一次，每一次，当我又再口含红枣，脆生生的清甜影像就从远方渡来，分开芦苇，破开湖面，雾染的羽毛渐次清晰：先是一团鹅黄的影，最后甚至袒露了长喙表面最细微的涡形花纹。

还用说吗。他经验老到，嗓音动人；从他寄来的一张彩照看，英俊得远超预期。俗气是俗气的，但不回寄照片好像不太礼貌对吧。我从蛮荒校区倒两个小时公交到市区只为买一卷乐凯。相机是从家里带的。我让李黎帮我拍了十来张单人照但隐瞒了照片的真正用途（搂着树干啦，好像在欣赏一团桂花啦，抱着肚子蹲在草坪上啦）然后对着无名风景胡乱按下二十几次快门。我对每一张都不满意，但还是挑出背靠白墙托腮望天的一张——那个我比较符合"读索尔仁尼琴的思考者"的形象。"可爱。"他如此评价。偷笑魔法竟延续了五天之久。每当我不再确定他耳垂上是不是生有一颗浅痣就拿照片出来看看。是的，照片已经常驻钱包内袋了。他面庞的细节被晚霞漂浅又漂浅，最后和西天的余烬融为一体，勾起愁绪——愁绪的源头或许是迟来的乡愁（"乡愁是一方矮矮的坟墓"，著名诗人写下俨然预言的一句），或许是远方妈妈独自承受的痛苦。

"一个学期马上要结束了，这说明我马上就得回家，和妈妈一起面对她折断的婚姻。我拼命告诉她：那不是坏事！那是一个生机、一次新生！都是徒劳。她不但不想被我拉上来，还想把我拉下去。"我和信纸（此君不久前晋升为我的绿方格纹影子）坐在食堂二楼一个靠窗的位置上。左手边，老式玻璃吊灯扔下的黄光在塑料桌面砸出一个坑。李黎坐我对面，漫不经心地从不锈钢餐盘夹肉丸子吃。李黎，多美啊，轮廓深似摩尔人，一头浓密卷发，笑起来像鬣狗咳嗽。是极清、极清的水，和老爹称兄道弟。散发水汽和幽香的姑娘们陆续从澡堂步出，像花粉飘流，将夜色压低。不愿惊动的回忆从咸水城远航而至，左口袋揣一抔隐痛之沙，右口袋充满催人入睡的幽蓝气焰，终于再次撵上我。"什么是独立之人格？"大一女生写得七情上脸、忘乎所以，"什么是自我，什么是启蒙？我的妈妈不具有独立之人格，没有自我，未被启蒙。我的妈妈从未活过。"

赵静不在寝室。孟小婉捏着海报一角：它正被迫离开墙面，而显然它并不情愿，吐出许多黏胶丝耍赖。"我等不及回家吃我妈做的菜啦。"孟小婉说，卷起海报，思量着该如何处置它。

三　树

09

倘若树可以钉住空间（勒杜鹃—咸水城，木芙蓉—浓雾城，香樟树—热岛），可以钉住人物（菩提—释迦牟尼，柳树—桓温，梅花—张枣），那一定也钉得住时间。不同的树把我钉在不同的时间台纸上，另有一双手将那些我压平、干燥、分类贮藏。

台风时刻是油棕。下课铃与上课铃之间是短穗鱼尾葵。十四岁前是白兰树。不是玉兰也不是广玉兰，而是南洋味十足的 *Magnolia × alba*，连成绿色刀锋，从世界切出大院，托起，像每年生日夜的锯齿刀托起一角蛋糕年复一年从未有变——白兰树站成卫兵队，站成仙女环，收容我○至十四岁的光阴，啊光阴，盘旋如雨前蜻蜓，泪湿的记忆是闪光的负重凝结于翅膜。六月初的白兰花：拘谨淑女的裹身裙，像妈妈常穿的那些。炽热的光阴夹紧花瓣尖儿把它们烫焦——植物学老师跳出来纠正："不是花瓣！是花被片！"——女体般的花被片仰翻、坠落，飘满童年剧场光影斑驳的舞台。

白兰树时光有点空旷，缅栀子时光永远很挤。假如你追求行文齐整，可以改用另一对名词：缅桂花和缅栀子——缅桂花时光有点空旷，缅栀子时光永远很挤。我也不懂命名者的心思。"缅"在这两处到底是哪个意思，"缅甸"还是"遥远"？缅栀子只有那一棵：立在蔡屋围曲里八拐的腔肠的某处，像一颗被毛发困住的金砂。蔡屋围是座城中村，三百年前咸水墟就在它三百步之外盛起来，慢慢进化作闹哄哄跳动的心脏。蔡屋围外天开地辟，前世地名多半连同大地、植被一道铲掉。水泥浇上去。水泥似的"人民路""嘉宾路""解放路"浇上去。蔡屋围还在继续用它的明代名字，那名字使它散发本土味道，使它在地图上突显——本土事物是易于辨认的。原生植被。本地昆虫。那些年年归返之鸟。地名：咀、头、角、尾、坑、湾、沙、必须念作 chōng 的涌……这些崎岖的、凹陷的、湿的、滚沙卷水之物。在九〇年代的咸水城，"本土"常常沦落为"土"——"土"，是咸水城青少年的大忌。

土很微妙。要警惕土。咸水城以北都是土。以南呢？香港完全不土，海南岛倒又土了，东南亚却不那么土。普通话是土。不标准的粤语是土。省城粤语比香港粤语土。潮州话土，客家话土，但没有普通话那么土。康夫土，大雄则不土。冇冇是土，冇是不土。爸爸粤语讲得标准。妈妈能讲潮州话但讲不好粤语。受一种近似宗教的强压影响，我勉力练习，一开口就讲一种不带一丁点口音的普通话，四岁能精确辨别各地粤语，电视机是鄙人恩师。等到小学同学故意拖长了声音问"哈——？原来你屋企讲普通话㗎？"，我只能悻悻然默认，痛苦地、备受屈辱地。

在我就读的咸水城小学，粤语就像一把凉凉的精钢筛子，机械地晃。说不好粤语的北方小孩从网眼漏下去，"啊——！"惨叫着，坠入黑漆漆深渊。精通粤语的南方小孩呢，在筛子里成群结队地跳呀，抖呀。说不好粤语的北方小孩只能跟说不好粤语的北方小孩做朋友。每个班级都有两三个北方小孩，很自然就玩在一起，尽管他们可能彼此憎恶。你玩过"找中指"吗？你先让那个挑战者背过身去，然后赶紧摆弄你的左手：你挤压、伪装、扭曲那五个指头老兄，迫使它们个个儿看起来都像中指。最后你的右手拢成个罩子，牢牢罩住那五个伪装者。你叫他："嗳，搞掂了，你揾。"你就把这团扭扭蛇伸出去，屏住呼吸，任他找。

假如我拢起全班同学，右手作一个罩子，罩住，伸向你，我担保你会看见一大捆不分伯仲的棕色细棍，又瘦，又夭，马骠似的；在这捆细棍当中，轰然立着雪白的一根，工整的，无汗的，任我怎么搓圆摁扁都无法使之泯然于棍群。你一下子就把她挑出来了。她就是徐萌。

首先你看，徐萌这个名字，用粤语简直没法念。所以你瞟一眼学生名册就能知道这是个北方小孩。"捞逼！"有些男同学这么喊了出来，绕着徐萌转来转去。徐萌的座位在我后面，是那一年班上唯一一个北方小孩；她刚到咸水城，听我说了一句普通话就认定我是她的朋友。

徐萌坐在座位上不走，等我。"咱们一起回家吧。"徐萌捅捅我的背。头几次我们的确一起回家了。我们走大路。从校门口出来，沿着宽宽敞敞的新马路闭上眼睛走吧。徐萌秀气、白净。徐萌说普通话的时候，就像咕噜咕噜连吐玻璃弹珠。成年之后我才明白那是某种收敛的京片子。我们转上嘉宾路，一过河我就到家了。徐萌还得过马路，再走一个路口，去公车站等八路车。我说："学校门口就有八路车啊。"徐萌不说话。徐萌还是要找我一起回家，跟我说再见，过马路，再走一个路口，等八路车。

可是南方小孩也来找我一起回家了。南方小孩不同于北方小孩的"咱们一起回家吧";南方小孩向来有一种独特做派。他们大老远就拖了个长音,一圈一圈地甩,"哈——?"他们甩,"你今日又同食慒一齐返屋企啊?"他们连粤语外号也准备好了。起外号是他们的绝学。徐萌坐在座位上看着我,抱着收拾好的书包。我看着徐萌。我说:"我不和你一起回家了。"

后来我总看见徐萌一个人回家。再后来,一个隔壁班的北方小孩成了徐萌的回家伙伴。她俩一起回家直到小学毕业。我再没见过徐萌。

找我一起回家的南方小孩全部住在蔡屋围:一个大眼睛姑娘,她的亲弟弟(超生)、亲妹妹(超生)、表哥(超生)和远房表姐。她本人是(超生的)妹妹,上面还有个亲哥哥。他们长得都很像:凸嘴唇,龅牙,分得很开的圆眼睛。他们私底下说潮州话;在班上,从不。我们浩浩荡荡地出发了。从校门口出来,只在新马路上走两脚,马上拐进窄窄的金塘街,再走两脚,就能望见于两根电线杆之间裂开的迷宫入口——水泥的杆子,贴满性病诊所广告。然后是鹅肠细道,也像生鹅肠那样打着卷、湿漉漉。裸露的下水道口,边缘挂一圈又密又黑的头发。臭水横流。潮州话像砍刀一样劈来劈去。沿街楼房胡乱往上盖,倾斜的,打晃的,妄图将仅剩的一线天咬合。落进头皮的不明液体让你浑身一颤。水果摊、杂货铺、熟食推车、光屁股儿童。到处都是光屁股儿童，大眼睛姑娘突然抓起一个就亲，潮州话从嘴里哇啦哇啦飙出来。臭味。第五个路口的水果摊，摊主是班长的妈妈。有时班长的亲弟弟（超生）站在边上帮忙。噼里啪啦的交谈声。鞋跟带起的脏水打在小腿肚上。人从四面八方喷涌。下人雨。然后就是那棵缅栀子，立着，被这片震荡不已的波丘尼式风景包围。

我记得它粗笨多岔的躯干、歪举叶片的姿态。日后我在东南亚园林案例或马来美人耳后遇见的缅栀子都不再是它。它立在粤语和潮州话的暴雨里，披着被无视的花香举一块告示牌："这一站分别"——我在树下和南方小孩分别，拜拜，我说，看他们鬣狗群般簇拥着，消失在露天楼梯尽头。我叹气或一鼓作气，召唤虚空伙伴，强制他们陪我走完陡然变得狰狞的后半程城中村细路。

结伴回家等于伟大友谊吗？小学生张枣儿真诚点头。缅栀子是友谊的奖杯。我和他们一起从它身上扯花、猛嗅，撕开叶片观看乳白浆液流淌，再用鞋底碾个稀巴烂。我口吐他们的口头禅，爱他们的郭富城，朝恼人的男同学比画一种他们教我的手势。我皱着眉头捏着鼻子快步跑完余下巷道。巷道尽头是妈妈，拿一把篦子严阵以待，要把"每天在小市民窝里打滚"（妈妈语录）的女儿梳拣个遍。这个妈妈真操心。女儿入学前考察了方圆十公里内的学校，被"满坑满谷小市民子女"（妈妈语录）逼上绝路，半是黔驴技穷半是碰运气地拣了新建的一所，终究还是难逃被小市民围攻的宿命。家明哥哥倒是进了个好学校。唔。你大姑父果然不一样。可不是吗。妈妈的眼睛总是盯紧大姑父的。家明哥哥三岁学小提琴、五岁学钢琴。等我到了三岁，妈妈二话不说就把我摁上琴凳，爸爸三不五时甩着对折皮带绕琴夜巡。翡翠台连续剧——"弱智"；一度在校内流行的人造革背包、平底帆布鞋——"俗得要死"；五年级的我对玻璃橱窗后面的"俗得要死"投以渴望的目光——"人云亦云，随波逐流"；亲自下场考察全市青少年追捧的"潮流集散地"：五层楼面被地摊货塞得针插不进，辍学店主的郭富城头（鸡屎黄、鬼火绿）同她的坚毅嘴角、北方骨架恰成对照。殚精竭虑的妈妈明令禁止痴呆女儿"再去那个鬼地方"，似乎忘了九〇年中国第一家麦当劳在鬼地方隔壁盛大开业时自己带领全家朝圣的往事。

——痴呆女儿却记得，一种罕见的光芒自妈妈脸上焕发（那光芒使妈妈哼起歌来），在整理好女儿红白相间、饰有小红绒球的新套装上一片不碍事的褶皱并将火红贝雷帽调至怡人角度之后和丈夫一起，各执女儿的一条手臂，使那红红白白的孩子微微悬空、在天桥坡道和持续不断的咯咯笑声上滑行，这一幕被谁拍下，冻结成微凉冰片滑入相册，于十三年后被整理遗物的我重新翻见，紧接着，极突然地，什么东西加热了它，簇拥着三位主角的人潮（作了照片闹哄哄的镶边）再度翻滚沸腾，沿天桥直泻而下，打着涡旋涌进璀璨的门洞，涌过已被先头大潮攻陷的点餐柜台（一群训练有方却全线崩溃的"麦当劳哥哥"在那里搁浅似翻个儿海龟）、爆满的一二层用餐区和坐满食客的楼梯（每人都中邪般抱一个塑料餐盘），终于像摇晃充分的起泡酒，嘭！瓶塞飞天，酒柱破门，喷向亚热带蓝天、彩色气球和绿色植绒毯搭建的节日世界，巨大得失真的黄色双拱门无声旋转，油炸土豆和热咖啡的混合香气敲进那红白孩子灵魂深处，人海中升起手提包和蜡纸杯圈出的应许之地——大姑妈坐镇其间，福至心灵地，喜上眉梢地，向我们狂挥手臂。

10

你们所谓的初恋，你们回肠深处最柔嫩、最湿、最翠绿的人儿，薄伽丘的小小火焰，歌德的凯特馨，纳博科夫的瓦伦季娅……看看弗洛伊德，十六岁迎来初恋，什么都没有发生便结束了。我也有初恋（像你们这些正常人），而且真巧呀，也在十六岁降临，躺在泡面、课间操和不及格试卷底下——十六岁的小项迪，曾为我杀死一只喋喋不休的蜜蜂。

中学时代已经俭省成一截截首尾相衔的走廊：课室门前明亮的走廊、连接自行车棚和足球场的露天走廊（两侧密植着高大的菠萝蜜树）、泳池边上永恒积水的走廊、晴天的走廊、冬夜的走廊……衔接成糖果色隧道，如此漫长，其朦胧的起点已被光阴拖至目力弗及的幽深处。现在项迪应我之邀，重拾他在走廊上左顾右盼的昔日角色。配角们悉数复活。屏幕亮起来。人群涌进校园，像一缸打翻的钢珠。

这些钢珠当中，北方小孩更多了，都说起粤语，只是这里那里趔着口音。但口音好像不再刺人了，粤语也不再高高在上了。从头顶心开始，南方小孩裂开。之所以看得见南方小孩的头顶心是因为我已长得很高。爷爷和姥爷的北方脱氧核糖核酸开始发力。南方小孩的普通话逐渐变得难以忍受。变化是如何发生的？也许是妈妈成功了，也许是时间成功了。不动声色的割据战告一段落，粤语终究败走，退至课间、课后、小街窄巷和电视机里。初三那年，最后一个坚持用粤语授课的老老师光荣退休。也可能是书成功了。有一次我猛然听见自己默读的声音：用普通话念出行行汉字，我像吃了一颗星星似的吃了一惊。而最大的可能是：粤语一直是歧途，一场短暂的迷路。不管绕了多久，绕出多远，终于是要回到从娘胎延伸出来的那条金光大道上的。书是哪来的？我注意到——我重新看见——妈妈正一趟一趟往家里搬书，有时是三本五本地，有时是一套盒一套盒地。妈妈自己倒不看书。就像，妈妈送我去学钢琴，自己却不会弹琴；妈妈送我去学画画，自己却不会画画；妈妈送我去学跳舞，自己却不会跳舞。妈妈把时间都花在送来送去上面，也花时间伺候爸爸。要是还能余下一点时间，她就去看电视、斗地主。

高个子、终日欢快的项迪始终和我保持一段奇妙距离。看看这些短剧。《幸运单周》：张枣儿的座位调到项迪左侧，后者一抬手就能掳走她的笔袋（帆布；小鱼和小蘑菇图案）。早自习，张枣儿一边佯装阅读（金碧辉煌的歌德），一边派出她的余光小纵队：翻过眼梢，横渡两张课桌之间的空气之海，终于在敌人肩上登陆了，替元帅亲吻敌酉衣领！衣物柔顺剂的芬芳让战士们神魂颠倒。继续沿衬衣行军。慢慢地。切勿打草惊蛇。几个士兵滑进衬衣胸袋了——一口暖和的月白色陷阱。抛弃他们吧！那些临阵倒戈的墙头草！幸存的伙计们，轻悄悄，轻悄悄，抓紧透明纽扣，脚下也踩住同样的一颗，衬衣门襟裂开了，瞥见内里果肉般的肌肤——紧致的果肉山：敌军的迷魂计。向下方移动，借助那些纽扣，别忘了抚摩山壁上的绒毛和嫩草。在肚脐眼里扎营（荫凉，多褶），做个狂热的观脐派教徒，听见洞底有暗流隆隆响动……项迪突然一把扯下元帅的头绳没命地奔逃——终于盼来真正的战役。

《昏暗双周》：张枣儿的座位紧挨后门，上周被赐福的右侧现在是一盆金边瑞香。（张枣儿和金边瑞香频频叹息。）下课铃声：振作精神的醍醐石蜜。赶紧拉着同桌热烈讨论……（看，项迪从座位上站起来了）神情要再投入些，加进肢体语言，谈得痛快，两手乱舞，眯眯眼睛表示赞同，忘我，十分忘我，项迪经过了，穿过后门，尾随他的风舔了舔张枣儿的颈背。好，讨论结束，收摊儿罢您内。

《校外时光》：最热和最冷的时节，项迪的戏份被膨化食品、地场卫、海滨风情、《劲歌金曲》、表兄弟、蝉和溜冰鞋摊薄。千禧年双手奉上盛大见面礼——半个班级的同学相约在海滨广场迎接慷慨的送礼者。项迪，穿着他闪闪发光的蓝外套，黄昏时分，站在海滨公路突出的犄角上，满天满地闲杂人等充当他的点彩派背景。收集了最多、最纯正夕照的金红色孩子，让冬风吹得冰凉的百合花，蓝晶晶、气泡丰沛的碳酸饮料……世纪末的张枣儿送上世纪末的问候："你好。"海滨烧烤：项迪让一只鸡翅膀快乐地拱上烧烤叉尖端，每个鸡皮疙瘩都在他指肚的挤压下兴奋不已。（为了那五枚椭圆形小肉垫，有谁会拒绝成为鸡翅膀？）来点儿蜜糖。蜜糖色的鸡翅膀在炭火上惨叫了。沙滩排球赛：八对八。项迪是她迷人的对手。看鞋绳呻吟着瘫软着缠紧他颀长的十指，绝望地挽留他的四十四码窄长大脚。光脚项迪——乘风的赫尔墨斯，排球总是扑向他，"别让我离开！"哀嚎着，下一秒就被他扣过球网、冲入沙中。总是这样。少数的几球被抢飞了，粘一身湿沙滚进海里，镜头追踪而至，冬夜正俯身濯洗寒冷裙摆，天尽处的零星光点（星星，海轮，灯塔）是裙上水钻。倒数：项迪站在张枣儿身后，当她转身回望他，一朵玫瑰色烟花在上空炸开，千禧年驾着白银马车穿过光屑的玫瑰色阵雨……张枣儿毫无追踪车轨的兴致。她已被幽禁于他瞳仁的宫殿——不断衍生的殿柱通往无人知晓的后花园。

11

妈妈想把小孩放进后座筐子，小孩不愿意。小孩扭腰、蹬脚、大颗大颗落眼泪。妈妈说："你怎么回事！芭蕾课要迟到了！"小孩嘴巴嘟起来、拧紧，小孩原地拧麻花儿，越拧越紧，拧成一根螺纹钉子，旋进地里。

有一把非常大的十字螺丝刀插在小孩头顶心上拧哩！妈妈是看不见螺丝刀的。妈妈打小孩屁股，好多人看呀。有人说："小孩，不听话，丢丢脸。"妈妈说："我不喜欢你了。你再不上车我就不要你了。"

钉子咔一声断了。钉子大喊："我也不喜欢妈妈！"

妈妈翻身上车就走。腿的森林合拢来，奇形怪状的脸俯下来，天要黑了！小孩又哭又打嗝。脸说："嗨啊，不听话的小孩，妈妈是不要的！"脸都这么说。湿透的小孩挤出腿的森林，"妈妈！"小孩朝各个方向喊，小孩的下巴松脱了，挂着，咔咔作响滑稽极了，"宝宝喜欢妈妈！宝宝听话！"不知为了什么，小孩把整只右手塞进嘴巴。森林在背后簌簌发响："啊呀，跟我们走吧，你妈妈不要你啦。"小孩觉得自己马上要生病了。

可是妈妈突然出现了，不是从很远的地方，而是从很近的地方。因为妈妈一出现就是大大一个，而不是从小变大。妈妈高高地问："你听话吗？"小孩打嗝："听话，听话。"妈妈高高地问："你喜欢妈妈吗？"小孩打嗝："喜欢，喜欢。"妈妈说："这样才乖。"妈妈把小孩抱进后座筐子。小孩果然又乖又听话，安安静静、哆哆嗦嗦搂紧妈妈后背，像一个妈妈最喜欢的好宝宝那样，去上妈妈最喜欢的芭蕾课。

12

我向杨白马描述过一些童年早晨——倘若白兰树影指向西方，你就能在树下遇见它们——我正好行过梦和真的边界，暴露在梦潮之外的身体冷却为干峥峥礁石。这串悬浮的时空教会我灵魂印花的秘术。动作要轻。发力是大忌。花纹来自床单——莲座式花冠、带齿匙瓣、回旋枝条是牡丹和藤本植物的离奇杂交，只在床单厂商浮夸的头脑里成立——那时的我尚不了解自然之原理造物之逻辑，反倒感激有人虚构那充满分岔、弯道和流线的宇宙供我沉溺，我的底纹因而是充满冗余的、自我满足的、虚张声势的——花与枝不断微调舞步，直到与梦的浪涌合拍，直到浪涌将花纹推向我轻轻晃动的灵魂，留下一层比晒痕更浅的印迹。许多年后我误入虫洞，听一个年轻放荡的女人反复弹奏《烦恼》，到第八百四十遍时，那些枝条的幽灵突然重临我身。

我的意思是，当我们静下心来，放下成见，仔细对最初的光阴（我刚从彼方脱身）筛汰一番（用一只捞网），定会发现网眼上挂满闪闪发光的晶体。你举着那样一只闪闪发光的捞网，我也举着那样一只闪闪发光的捞网，在最初时刻，我和你并没有什么不同。我们因清白而安宁。你坐下来安静地拆你的回忆，直到那个离你最远、只剩一抹灰影的部件被你一捏住就倏然飘散，安宁便是你抓得住的仅存的东西：它是你穿越过的、牢牢记住的门，是你最终想回到的门。项迪是门的其中之一扇。当我在他的宫殿深处轻拍殿柱、步向终点（我预感到那个终点），就像以往和以后的任何一次，我知道安宁已然降临，我愿意让毕生岁月都在那一刻、那一处用尽……而实际情况却是，真爱引发的癔症抽打我，将我从他眼底扔出去、跌回狂欢的人潮当中——看，千禧年彩带飘下来了。

13

既然安宁的瓶塞已被顶开，就让它多冒点儿气泡出来。童年是一层嫩白纱雾，降下，被白兰树高高挑起，又顺势塌进散布着花坛、跳房子粉笔格、独自回家的孩子的谷地，再被另一头的白兰树挑高去。撞入纱雾的活物都被永恒囚禁、非生非死——它们自己觉不出的，仍动换着，在草间，从这棵树到那棵树，拖着星星闪闪的影。风吹景晃，晃出道道杠杠来。全是影。水泥护栏早就拆了，但上头粒粒坚实的石籽的触感还存在我指肚的井里，一晃就撞响。灌木尺寸的珠兰的触感存在手臂、肩头，它们星图般的金色花序依然会在眼睑背面发光。

大院北角一棵桑树是爸爸种的，一夜之间就面色严肃、着起正装。爸爸让我脚踩他摊平的手掌，不知怎的一抛我就上了树，右边是妈妈从地面递来的塑料篮子，这个篮子，等爸爸和我在树上吃成紫嘴人之后才用得上。妈妈还在地面，接篮子，接我。经久不衰的夏日傍晚，乱窜的蝙蝠冲淡空间的边界。蚊群是夏夜颁发的皇冠，有些皇冠大，有些皇冠夭。爸爸说头越臭皇冠越大，我们全信了，热切地比起头臭。"我们"中的另外两个是家明哥哥和佑恩弟弟：童年旅馆里到处闲逛的一对。我们彼此相差一岁，均正得像三枚相邻的白琴键。白兰树好高啊！花香垂下来，像落蚊帐时刻。成年之后，我只能在被称作"白花系"的人造香氛里勉强找回那层纱雾最肤浅的虚影。

女圣诞老人在暑寒假到访，带来糖果、空调、乐高，还有更多五颜六色、印满花体英文字母的外国货。女圣诞老人是小姑姑。

小姑姑是很奇怪的大人，和爸爸一样受孩子欢迎，但风格各异。小姑姑貌美、嘴甜、滑头，醉心于传承下流粤语童谣：

拍大髀，唱山歌，
人人话我有老婆，扮起心肝娶返个，

48

有钱娶个娇娇女，有钱娶个豆皮婆，

　　豆皮婆，豆皮婆，

　　食饭食得多，屙屎屙两箩，

　　屙尿冲大海，屙屁打铜锣。

　　每当音符自排泄物上弹跳而过，我们就兴奋得摇头晃脑、浑身乱颤。我们挤成一堆抱住小姑姑的大髀，仰起脸来，咯咯笑着，央求她再唱一个。

　　小姑姑就再唱一个：

　　有个肥佬肥腾腾，买旧猪肉去拜神，

　　行到半路屎窟痕，返到屋企冇晒人！

　　钩深极奥的歌者总会在最末处一下子拔高嗓门；音浪、那枚看不见的叹号和突然落空的家的意象总会永不落空地合成一枚深水炸弹——空气疾速膨胀并炸开，汹涌的笑意席卷而至（望得见它拱起的内侧），紧接着，肥佬身上似蝶翅呼扇、几乎使他升空的肥肉形成回头巨浪，给予仰脸大笑的我们最后一击。

　　那就是最初的、无瑕疵的世界。一颗玻璃球，光穿来穿去，不留阴影。终于那球给砸了，故事也就无从再讲：故事挣开讲故事的人朝故事里的人身上飞，又或是讲故事的人将故事放了生。

玻璃球里还有什么？花坛保守着我喜爱的荫翳。柴房前的窄道上，家明哥哥和佑恩弟弟手持灌满的水枪或不存在的宝剑，扮演仮面ライダーBLACK、尖叫兵匪、忘带戒指的新郎和胡言乱语的牧师。空旷的正午，我和虚空伙伴一齐游戏。我没有把虚空伙伴介绍给任何人，我知道他们个个儿害羞。我和那些害羞鬼以白兰树上一块伤疤（那里曾经伸出过树枝）为原点，以晒成棕色的细胳膊为铁链，发育正常的六七岁身体旋转、旋转，甩起来，甩出更多伙伴、更多嗰啾耳鸣，这些杂碎最终黏成半弧，黏成圆环，越转越饱满，扩出去，越过永远在六点半划破黄昏天空的喊声（"马玲燕——！返来食饭喇——！"）、苏联式连廊和丌形院门，扩入时间失效的无风之地；风景纷纷失重、脱轨、相扑，穿城而过的专线铁轨、嘉宾路水产市场的冲天腥气、界河的雨季洪水拢成一叠错乱的反转片，被一束不太笃定的光刺穿；又有什么人使诈，于错误的时机释放了错误的鸽群，徒留一地残羽。

万物并非恒在，我知道，我知道，地壳是摇摇晃晃的，屋顶是摇摇晃晃的，今天这样，明天那样，可不是吗，你迅速翻过几页就会翻到一个雨天，雨在白兰树间细细密密划出丝线，爸爸妈妈和我从外部进入了，他们拖行李箱、撑伞，我跟在伞下，一只猫跟着我。流浪猫，不超过半岁，浑身湿透，一直跟进家门。爸爸用电吹风吹干它，用纸箱给它做窝。它钻进去立刻睡着了。"没办法，妈妈不让养，"爸爸说。妈妈走来走去，把行李箱倒空，"猫！哼！我最讨厌猫！"妈妈昂头挺胸，洗衣服，拖地，走来走去。是只小白猫，蜷成团，咕噜咕噜，一下变大，一下变小。爸爸去路口小店买牛奶。"没办法，"爸爸说，"等它睡醒，再问问妈妈。"

没人知道它是几时睡醒的。只有牛奶碟留在空了的纸箱旁。

四　浪子

14

那阵子，一到周末，总有人到家里斗地主。大姑妈和大姑父是一对。上官阿姨和欧阳叔叔是一对。那些人来得如此雷打不动，小孩很快就想不起来不斗地主的周末的模样。他们一定要斗到天亮，农民和地主一起和朝阳结婚。在午夜和凌晨，农民和地主改用一种轻轻的声音骂人，但骂着骂着又忘了本，声浪又掀起来。

有一次他们又斗。另外一对是大姑妈和大姑父。妈妈和爸爸互相破口大骂的时候，小孩从暗处窜出去，喝道："妈妈，你总让我文明，自己怎么就不文明了呢？"

妈妈愣住了。爸爸一拍台："滚你妈的蛋！"

礼拜一清晨，小孩早起上学，看见欧阳叔叔和上官阿姨走在晨雾茫茫的路口，还在骂来骂去。欧阳叔叔打出一拳，上官阿姨便邮筒似的倒地，骨碌碌来回滚。上官阿姨那天穿一身紧绷的驼色套装，是穿着紧绷的驼色套装，在风尘仆仆的路口滚起来的。等到欧阳叔叔几脚踢上去，则很像幼儿园的踩滚筒比赛了。

小孩从那团噗噜噗噜涌动的尘埃旁边慢慢走过，心里有一丝清甜。

假如事情发展到，爸爸要开始打妈妈了，那么另外一对不过就是匆匆告辞而已。可小孩也没有立场怪别人。因为她自己不过就是大被蒙头、装睡而已。妈妈就在凌晨静夜里被爸爸打来打去。

15

浪子。《路加福音》提供了一个浪子（"死而复活，失而复得"）。纪德创造过那人的镜像。詹姆斯·斯拜德尔在《性，谎言，录像带》里演活了一个回头浪子。福楼拜的福赖代芮克简直是浪子的模式种（正如林奈[1]是智人的模式种）。不知打哪儿看到"浪游鸟"一词之后，我就执意把它贴在杨白马头上。很难讲清浪游鸟是一种

1　林奈自我指定为智人模式种。

什么鸟。可能是无脚鸟的表弟。杨白马既是雾海上的旅人也是雾海上的旅人所凝望的雾海。关于杨白马我讲不出更多了。你应该能接受适度的杜撰？

一度他决定学个务实手艺，好在浪游之路上随地赚钱。学画画太麻烦。学乐器太晚。终于承蒙《理发师情人》的启迪去街尾剃头店做了一阵学徒，勉强能剪个波波头。到处端盘子，专挑那些以装潢、情调、高昂价位著称的小身材餐厅。朦胧逆光，长笛协奏，白衣胜雪，你继续往画面里扔同类项呗，然后惨白（同时必然是）修长的手指捏住一沓厚得离奇的百元钞，再换幕就已置身牛车车斗，重新调校过的清新的正面光洒下来，前头是明眸皓齿、衣衫挺括的农民兄弟，后头是被油菜花田夹紧的原味小径；山清水秀，鸟语花香；颠簸的旅人的颠簸的浅笑；然后是斜挎宝丽来 SX-70 的姑娘，"素面朝天"的姑娘，去西藏的姑娘，去云南的姑娘，火车姑娘，依维柯姑娘，马背上的姑娘，不辞而别的姑娘，辞而不别的姑娘。

另一方面，我们的文法和常用意象已因频繁通信不可挽回地变得雷同。某种文字层面的夫妻相。他供述："你尚未成型的成熟吸引着我"（二〇〇一年九月十五日）；"我居然在你这个素未谋面的小姑娘身上花掉许多精力，这是不多见的"（二〇〇一年十月二十六日）；以及，看好了，我最爱的一段——"每次展开你的信就像展开一座折叠院落，小巧，藏得很深，布满娴于落叶的乔木和灌木，地面常年堆满花瓣和露水，空气清冷，水汽弥漫，进入之时需要披一件薄毛衣。其氛围杜绝了情欲，所有情感在抵达它之前就失了色，而这恰恰是我最乐见的结果"（二〇〇一年十一月一日）。

某日，信纸上墨字举报其主人正在筹备一场迫在眉睫的"灵性漫游"——从热岛出发，在热岛、浓雾城和南部海岸线之间拉一个不太实惠的近等边三角，计划中的终站是距离海岸线一百多公里的省城，我姥姥在那儿孀居。

嗳，捧信的小手颤抖起来。

二〇〇一年冬天，我追着一只篮球满操场乱跑，杨白马距离我一千三百公里；十天以后，我和李黎手挽手，慢慢经过光秃秃的银杏树，他距离我一千零七公里；我被澡堂热气蒸得又红又软，他的火车正穿过秦岭；再后来，雾极浓的一天，下午四点姗姗来迟，我丢开翻到二百来页却只字未进的《中国园林文化史》走到镜前摆弄自己。穿了又脱脱了又穿，最后还是套上那件改良藏袍：假羔皮内衬，五彩氆氇镶边，一个半月前在藏区纪念品小店买的。步子不可太快，也不可太慢。他就站在图书馆广场台阶上。世上再没有比他看起来更天真的人了：像是从〇号大阿尔卡纳出走的愚者。

也像面包蓬松的部分。絮状的，云团样的，想轻轻撕咬的。

他倒没说我像什么，只说了我不像什么。"你确实不像广东人，"他说。我们朝图书馆旁边的西藏餐厅走去。他一点儿也不上相。而且他的轻浮显得道德。我认为不能用"网友"概括我们彼时的关系，噫，那太粗俗。他已租下某农民房某单间，租期九天，九天也是他计划在浓雾城停留的天数。我崇拜他的果决但没有说出口。窗子框住刘过的田：未来几天著名的浓雾城之雾必将弥漫其间而我们的旅人也必将诗兴大发（写下一首名为《秋过甚速》的诗）。饭后，他淡淡地提出要去图书馆"消磨时间"。我掏出自己的证件递过去。在连接西藏餐厅和图书馆的众多路径中，我们不吱声地踏上最长那条：长得几乎兜住三分之二个校区。灵魂沉积于胃袋，过度馥郁的乳香正在染黄血液。可能是路灯可能是寒冷把我变成迟钝的夜蛾。云层像紫色象群。"这就是盆地，"诗人说。看象群贴着地平线移动，又仿佛从未移动过。我指着民族团结方尖碑为他念诵刻于其上的藏文。最后的天光被一扇象耳扑灭了。我看见那些信铺在我和他的手臂之间，手臂尽头深埋于各自口袋。怎么也得有二百封了，来来回回地，不曾中断地。我预感到一种值得期待的东西，随即默默复核了自己的年龄：正好成年。我突然绕到一侧，踩在窄窄的、凸起的路牙子上杂耍起来——平伸双臂，摇来晃去，自知忘我地笑着——我是首演，而他则见过太多。

16

照理说，我熟悉他的灵魂，初见应似久别重逢。却也没有。他的躯壳像水泥墙在我和他之间横走，还掺了刺铁丝、刀片刺网、铁蒺藜。要不是他好看得太离奇，我早就逃跑了。我问他旅行计划，他说没有旅行计划，更不是在旅行。我只是一团被风推着滚来滚去的骆驼刺他说。

我爬上吱嘎呻吟的双层床。李黎问的时候，我称他为"朋友"。"见个朋友。"我说。"玩得好吗？""挺好的。"蹬开最后一根梯把子，躺下，用被子裹紧自己，过了一阵才意识到脸上叮着一个笑。他真是怪。他的普通话像飘着氯味的蓝色泳池水，外套看着既不贵也不便宜，牛仔裤和背包都得体得刚好被遗忘。像是不愿给别人添麻烦而认真擦净了特征，像是带抹布、戴手套作案的入室贼。第二天我理所当然逃了课，在校门口同他碰头。巧得很：我俩都戴了黑色画家帽，披了斗篷式黑大衣；我多带一沓标本采集袋，他多甩一条手杖——从房东密布蛛网的墙缝里拿的。浓雾把我俩拢紧，他在雾中显得"亲切"（借用自巴尔扎克），出了校门本应望见近郊的田地与屋舍，但雾太浓，倒灌进眼眶，眼珠胡漂乱浮，什么都看不成。小径被砍作悬崖，在我俩鞋尖前以大约一掌来宽的尺寸持续推进，离奇的没完没了。要不断呵白气，才符合童心未泯的角色特征。我俩在一棵人不人鬼不鬼的大树前停住，半是因为气喘，半是为了照拂园林系学生钻研植物的兴致。"国槐。"园林系学生踌躇满志地宣布——又歪又丑，肿瘤从暴跳的根部涌向树冠，树冠则一头栽进雾里；树身裂出一道漆黑窄门，挤进去就能直达地狱；圆白的太阳正好傍在破土而出的老根旁，仿冒一轮全食之月。他挂着手杖，我挂着他。我见他对日沉思便不去打扰，独自挖起碎米荠，又召唤巨石、松林和莽原——它们黄中泛紫地来，他迅速从冥想中抽身，献上对那株野草的赞美（"啊，一旦细看，小小的野草也饱含精工。"）、将我和卢梭相提并论，然后很上道地讲起了鬼故事：《无头鬼》关乎一对在浓雾中结伴同行的旅人，雾遮盖了前因，于是一开场他俩就这么手挽手地走在雾里，我趁机抓紧他的袖口，国槐已被抛诸脑后，碎米荠则落入采集袋，前进方向是随便挑的，拜雾所赐，两个旅人彼此看不见头，而两根蠢大的粗粒花岗岩门柱忙中出错、仓皇登台，险些把主角的额头撞破。两根大家伙合举一条纤细铁门梁，居中处焊了个镂花铁圈，倒是庄严样式；又各在背后藏一片铁门——两封静候许久、心怀叵测的邀请函。

男主角倚着一根门柱朝里望，女主角倚着男主角。

"像墓园大门。"

"是听说学校附近有座墓园。"

尽管阴风、鸦啼、压低的紫黄色天空、因浓雾流散而短暂显现的狰狞树影此刻都罢演，他还是依剧本突然握住她依剧本已是僵冷的手。

"进去看看吗？"

"我不敢。"

"行，那我们去那边走走。"

一离开大门就松手了。他把它处理成一次可敬、纯洁的绅士行为，连事故都不算。无头鬼又出来乱逛，他的袖口终于再度回到我的掌心。抓紧袖口的同时也抓紧时机忆当年："小时候我也这样抓住爸爸的袖口。"他听罢淡淡一笑，任由我抓着。

17

张枣儿日记摘录：

根本没有那么浓的雾。田埂倒有许多，一条抵遏了一条，一条又从一条上推出新的一条。我们为什么选择了这一条，而不是那一条？倘若整个自然，树、草、花、矿石、飞鸟都是喻体，那本体是什么？本体以风、光、鸟鸣的形式包围我们。我相信一切皆是天赋、天然。是什么让我们对自己凌驾万物的权利深信不疑？——每一个不认同智人至上的智人都将被其智人同类贬谪为"变态"。

他一直走前面，是他在选择道路。我们像一前一后飘着的，被风穿透的空塑料袋。材质的窸窣翻响是沉思的鸣声。就是应该吹风、淋雨，和这些横的、纵的事物遇一遇。它们可是跑过很长、很长的路的。你看见天地这样平阔，便以为自己也是平阔的。风扫来扫去，每经过你就蘸一蘸你，把你的心灵涂在平阔天地间。会被辽阔、坦荡地涂匀，只是很薄。同这片薄涂着心灵和明亮水彩的土地接壤的，是斜饰着秋阳的山丘，"秋天适合爬山，"爸爸说，突然平举双臂，满挂其上的孩子便爆发出一阵叽叽呱呱的尖叫——家明哥哥、佑恩弟弟、我并所有及时赶到的孩子，两嘟噜圆果子似的，咯咯大笑，腿脚乱踢，摇来撞去地冲向山顶。桃金娘紫圆的果串压弯永恒金黄的空气，妈妈钻出林薮，转眼又在极冷的溪里浸脚。我拄着独一无二的登山杖，那是爸爸精选的断枝，他总在山口处就开始挑选，捡起杂陈于林间的天然存货，用臂力猛压：粉碎的被抛弃了，依然坚挺的被留下，交在我手中，被我漫不经心拄着，刺穿烂泥，敲打岩石，碾碎蜗牛，最后随便弃在某处，不知感恩地，寡廉鲜耻地，弃在某处。而孩子形状的佑恩弟弟会为一丛被蓄意踩烂的蘑菇哭泣。

人们想被意义环抱——是我先没话找话。我问："迷路了怎么办？"他头也不回："我很少迷路。"我想找一些话，灵巧的，漂亮的；我想表现表现。幸好他脑后没长眼，看不见我苦苦憋肿的脸。我盯着他的鞋，一双铺满灰尘的二手添柏岚——之所以知道，是因为他在信里提过："今天我买了一双二手添柏岚。"我只顾看他的鞋，浪费了许多风景。我在田边发现了一只完整的小萝卜——我是指它有完整的细叶柄和蕾丝样叶片。他比我先看见，可他只是走了过去。我拎着小萝卜长长软软的叶柄，甩。我说："我拎了一个酒鬼鼻子。"我马上意识到那是一句哗众取宠的蠢话，可他还是好心地笑了。后来我们经过一个稻草人。是真正的稻草人。斜插在一块边界不明的田地中央。杨白马拿过我的鼻子，把它绑在稻草人腰间。

我们走到日薄西山。天在平野上黯下来。我们第二天、第三天仍是这么走。我的心像盒子一样打开了，可我没有把天空、田野都塞进去的意思；我只是希望盒子能放在天空、田野之间，放在那里就满意了。我没有问他是不是开心，或者至少是还行。我倒是惬意极了。我惬意得变成了桃红色。

可以言传的只有以下这些：

这种漫步是从日常生活辟出一个完全独立的场所，像桃花源或阿瓦隆。人们完全在一种被动状态中遭遇它。它之于生活，就像明亮走廊之于发霉夹墙。在它之内，所有意想不到的体验慷慨铺陈，你可以随意挑选、夹入盘中。它的功能部分地等同于一场黄昏的降雨，你的心灵被洗涤：不是被普通的雨水，而是被闪着橘红柔光的蜜露。

当我们稍事休顿，他开始抽他的烟，风就赶到了。我能看见布满他眼球表面的灰雾被风吹散，现出内里的褐色光泽。那就像我在空中望见破云而出的雪峰，连积雪的清新香味也一并望见了。可我不敢看太久，有一次他和我目光相触……我把脑袋迅速甩开的模样一定蠢极，更别说脸上失控的红晕……他坐在田间，一如他是从田里长出来的。他是一棵野生的树；他熟知空气和泥土深处的沟渠、弯道、高低起伏，他于是顺着它们伸展身体；他和整个自然如此契合，连成一幅丝绸，接缝一下子就融化无形。我愿意这样长久地静坐，可又不忍放弃同他形影相吊的乐趣。我的腿沿着田埂的坡度下垂，裤管被风牵往他的方向，还有围巾穗子、衣领、发丝，都往他的方向。至于后来，回程路上，我所遭遇的恬美温情，又该怎么说呢……

18

……两年后我终于（向虚空伙伴）承认，所谓漫步，不过是我屁颠屁颠跟着他、绕着他租的农民房兜圈子而已。一兜就是三天。我是上磨驴，他是拎胡萝卜的手，至于胡萝卜是什么——依然有待探究。

我受邀"参观"农民房时就意识到自己的愚蠢了，那是他在浓雾城的第六天。我试着说服自己："毕竟也看了那么些风景，采了那么些标本。"也没机会自我说服太久，因为我马上被拉着参观了……别的东西。"参观"持续了好几天，在那过程中我进一步得知，比如，他行过万里路的钱包里工工整整插了两片杜蕾斯——我们把两片都用掉之后他又买了一盒新的。我也收集到若干新体验（像初登新大陆的博物学家），比如疼痛，比如目睹血迹时的心尖一震。唉，那都是后来的事了。杨白马拥有好猎人应该具备的一切素质：伪装细腻、不动声色、深谙欲擒故纵的真义。

五　处女

19

　　如果有一份人格测评表，被 X、Y 轴切开的四个象限里均匀分布着八十种女性形象，来自文学、架上绘画、影视等诸领域，我肯定会不假思索地点出莉莉丝、星期三·亚当斯（"呼呀，嗨呀，星期三出生的孩子你最倒霉！"）、猫女、莎乐美，诸如此类。我花了很多工夫思考我的理想女性是否存在缺陷。我在自己各个时期的女性密友身上都找到以下特征：主动、适度的粗野、无来由的自信、非常规的美。我很容易被这类人吸引，像驼背瘸子被完美人体吸引；我喜欢看她们拒绝、冒犯、固执己见。

　　不知怎的，总是它们找上我。我呢，反正一直是老样子：和第一个找上来的人成为母女、父女、朋友，或你所知的别的一切。情欲找上我。世界找上我。死亡找上我。另一方面，我又极易单方面切断这些或深或浅的交情——从我的出生地跑开，密友一换再换，同时应付几个性伴侣就像同时打开许多房间里的灯离去时却一盏也不关，以及，多多少少有点儿厌世。

我对万物的期望与持久、忠诚皆无干系。我对万物的全部期望只是，越过年头和山水重逢之时，它们仍未失却那些让我一见倾心的品质。而万物中的大多数都让我失望了。我十二至十六岁的密友是陈乐乐、陶臻和刘嘉。我和她们一起泡在被夕阳熏暖的海水里。咸水城不缺海水，连带那些与咸水城相关的记忆也总是浸泡在海里的，就像陈乐乐和陶臻正浸泡在海里，呈趴伏的姿势。先台风一步成事的橘云在海平线上扫出透纳式晚霞。浪头漫过少女们紧绷的臀部又从四面八方落下，使前者如盈凸月升起。刘嘉，那个快要淡出又被及时加深颜色的高个子，正在从防鲨网网眼里取一团纠缠的海藻。半小时之前，一场胡来的沙滩排球比赛给每条手臂都留下青黑吻痕，并让其中一个参赛者想起那些中学体育课——篮球场近旁时而是羽毛球场时而是排球场的空地上，陈乐乐，每击中一球就尖叫一声，软绵绵的体育服已把持不住她提早完工的雄伟胸脯。在下一个场景中，仍是这副胸脯，被五十乘七十厘米的课桌板托住，平静地，微微起伏地，接受同桌余光的来回轻扫，又或是和它们自信的主人一起，平移，跳跃，于夜间潜入几十个青春期男孩纷乱的脑海。后来我们身披半湿浴巾，沿盘山路慢慢走回临海旅馆，天色已暗，海浪声轻舔山脚，几个湿度相近的黄昏泳者同我们擦肩，拖鞋的轻喘，泳衣的红黑斜纹，脚跟上的茸茸薄沙，谁拨开湿发，谁解开浴巾抓在手里……在我生活了十八年的咸水城，人们步行至海滨，夏日纵情享乐，冬日哭泣呻吟。海滨风景点缀我各个时期的照片，偶尔，别人的皮球或断肢被借入画面，而大海则在背景处扮演肉眼可见的永恒。

"有过好的回忆。我把它们叠叠整齐，和其他东西一起带到这里。我对它们好，它们的待遇不比棉絮差——晴天，我也晒它们，让异乡树影做它们的新花纹。但是，你不要期望太高。它们数量很少，它们很轻、很轻。我从未刻意修剪，它们又不是造型植物——昨天我在园设课上观摩了老师傅如何在八分钟内把一株虎头虎脑的女贞剪成正球体——它们顶多是些自花受精的小植株，又瘦又弱。它们得好好学学生存术了，拟态、寄生什么的。"

"我习惯写进日记。"

"不管你如何写，写下的都不是它们。"

"那你接下来要说的呢？"

"——也不是它们。可能是它们的倒影、气息。"

"你要对我说了吗？"

"唔，你知道，它们锁得很深，而我愿意为你开启……你看见扬起的灰尘了吗？——那个晚上，我穿过微黄走道，手边正好有条门缝，于是我望进去……说来害臊……我看见爸爸又和妈妈躺在一起，躺在同一张床的同一条被子底下。那是夏天盖的薄被子。我觉得他们应该立刻死去，死在一起。他们应该用这种姿态死，平静而互慰地死。每一对爸爸妈妈都应该这样死去，他们本可以，要不是突然冒出一个女人——"

"你说过他们在闹离婚。什么时候来着，今年夏天？"

"后来他收拾出一只行李箱，拖着，站在门口，'爸爸要走了。'他笑着对我说。

"可一个礼拜之后他又回来。他们又躺在一起。他们断绝的过程十分漫长。这期间他不断捅她。也许他不是真心要捅她，可她的手一时松不掉，所以他只好捅。在这一刀和下一刀的间隙，他的恻隐之心会晃出亮光吗？看着她变形的脸，他会想起他们有过的好日子吗？他们应该死在一起。有一天，在屋顶花园，他指着他种的一棵杨桃树说：'我的骨灰埋在这里。'然后指着旁边一棵:'妈妈的埋这里。'他确实是当着我和她的面这么说的……他们又躺在一起。她的大门多么松软啊。她双手捂脸,我不知道她是不是突然哭了,我不能承受的往昔变成滔天巨浪,一股让气管震颤的冷冷的水汽——然后,我原谅了爸爸,暗暗同意他们最终以这种方式死去,并恳求它成真。"

"这不是好回忆。我们只说好回忆。"

"我们互道了晚安。天亮之后他又走了。我盯着那两棵许过诺的杨桃树,想用一件什么东西把它们砍死,最后只是上前摸了摸它们发白的枝干。我移植了一棵百合,妈妈哭到睡着之后我就去看百合日渐膨胀的花苞。花苞被扫上红粉。花苞打开如同新娘。蜜蜂拜访这些淌蜜的少妇。韶华易逝。我把它们枯萎的器官放进水池。锦鲤碰撞它们,使它们徒劳地轻转。

"你真该在夏天站在那座花园里。爸爸颇花了些时间才把它变成那副样子。起先只是个楼顶,水泥的光秃秃的四壁与地。后来做了防水层,砌了一个小池塘。他和她一起挑的雕花铁门已经被金银花藤爬满。要配土,要在土里撒草种。一根橘色的橡胶管被他捏在手里,由近而远地淋湿所有植物。她穿着白睡衣和木屐从屋里上来,露出小腿。小腿肌肉已经松弛了,它们曾经紧绷着包裹她的筋和骨,把她从少年带到青年,带到他身边,再在他手中渐趋柔软、睡去。有一段时间，他随身揣一把剪子，到处去偷他感兴趣的品种——不管在路边、花圃还是公园里，他走上去就剪下一截。被他爱着的幸福感，你想象不到。"

"如果他需要的无法在一处得到，你让他怎么办呢？"

"他有责任。他不爱她吗？他为什么要摘下她？他以为姑娘们都是没心的花吗？"

"嗤，责任？责任是骗子的镣铐、弱者的救命稻草，任何人都不该用任何方式强迫任何人去做不情愿的事。"

"什么是情愿？"

"出于本能、欲望、激情。"

"……你跟他一样让人失望吧。"

"让谁失望？我没有要求任何人对我抱有任何希望。另外，我建议你别太把自己的'小烦恼'当回事。'一个人的痛苦即使再深重，也会在人群中消散、退却、化作无形。'你以为它天大，其实它不值一提。"

20

几乎是不欢而散。第二天两人一整日没见面。手机静似棺材。杨白马一个人去代售点买了南下火车票。他满手香皂泡地擦拭自己时意外地膨胀起来——最近一次使用它是在热岛，姑娘是个老熟人，一边系鞋绳一边问："你要走多久？"他躺倒在床，遥感着那团十分钟前充盈过他的液体，想象它摆动晶莹长尾，一下一下，朝看不见的星云游去，离开了，消逝了，他决定暂时不把它召回。

　　——和杨白马一刀两断后，我沉迷用虚构织物（譬如上面这段）去填充他身前身后的万顷留白。"一刀两断"也是我编的。并没有什么一刀，也没有什么两断，我们是另一种……情况。我还能继续编——田地是连绵的谜，只有春天能带回谜底。每棵栾树都捕获了一只轻信的风筝。张枣儿站在每一扇向阳的窗边，不加选择地把眼见之物记在纸上。她什么都记，什么都稀罕。太嫩啦，对什么都大惊小怪。心房尚未开放，热腾腾的膜瓣，哑然的血管，全都被她牢牢藏好。像小鸡一样瑟瑟发抖。手脚不协调。他还没碰过她羞得通红的湿热手心。为什么不呢？

　　一幢烂尾楼压在右眼角落，他说不准是第几次看见它。可能它总爱以雾遮羞——它染了麻风病的空洞躯壳确实不宜外露。他拿出火车票，再次确认发车时间。他有一张火车票、两片安全套。他想象一个没有张枣儿的浓雾城。摸摸那些铅黑色、微微下陷的钢印字……条形码下方的数列……车票背面，一道黑杠重重划过。

她问："昨天你都干嘛啦？"他答："去买了车票。明晚八点发车。"他以为她会流露些许离愁。她没有。好像。她又问："我们今天干嘛呢？"她看着远处一个溜旱冰的姑娘，一群挽手走路的女学生逼得那倒霉孩子摔了一跤。他说想回趟住处放下东西（拍了拍手里的书：啪，啪），她答应了。他们在路上买了一斤橘子（而非西瓜）。

粉色窗帘折在墙角，一排布娃娃挤在飘窗上傻笑。一只茶杯，杯壁上的裂纹像一根被粘住的湿发。她正襟危坐于床沿，听见他在身后打开了某件家具。纸页翻动声。一件东西落在床上。什么玩意儿破开了，噗的一响，像一团带软壳的轻屁……他走到她对面，手里剥着一只橘子。他身上是另一件外套，这会儿被正午阳光淋湿了半边。第七天了，他依然英俊、温柔，谢天谢地。她咬着他递来的橘片。她希望他一直递，没完没了地递。她深情演绎"咬橘女孩"：缓慢地、层次丰富地咬橘。他伸出碗形手掌，无声示意她可以把核吐进去。她试吐了一颗。他们静静地吃完一斤橘子：他静静地喂她，她静静地吐核。

他问："你累吗？"她摇头。她问他同样的问题。他回答"有点儿"。他说他要到外面沙发上躺一会儿。"你可以在床上休息。我把门关上。"门果然关上了，留下她和茫然的卧室。掀被子的时候她闻到一股香皂味儿。枕边书是《牵小狗的女人》，校图书馆条形码扒在书脊上像个密探。她躺下。阳光在她脸上舔出一道大卫·鲍伊闪电，然后顺着她不太明显的胸脯（今日胸衣：是总体说来朴实无华但又毫不简单地饰有蕾丝衬边的那件）下滑，最后失足坠落床崖。她听见门开了。她不确定自己麻溜闭眼的同时有没露馅儿，比如眼皮不慎抖动啦，斜角肌不慎抽搐啦。一股皂味气压降临、掠过她。呼吸声。晕眩。心跳撼动宇宙。枕边书缓缓升起。一阵闷闷的、叽叽咕咕的书页声。门轻轻合上。

她浑身轰鸣。她从眼皮缝偷看。好哇张枣儿！竟敢躺在一个陌生（美）男子的双人床上！这个人来路不明、居心叵测、体味清新、英俊潇洒、温良恭俭让，怎么，张枣儿，还有廉耻吗！就在二十四小时前，她还满脑子的漫游、自由、还把他当作知心大哥吐露不轻易示人的破碎身世，好哇小荡妇，他可能不叫杨白马、不住在热岛，也没有写过那些信；或者他写过那些信，但每个字连同每个问号叹号都是假的。

这事绝不能让妈妈知道。

她被他叫醒。"你睡了一个多小时啦，"他说，背对她，等她起身，"看见那幢烂尾楼了吗？想到里头看看吗？"

每层楼面都阴沉着脸。水泥墙对他们虎视眈眈。赤裸的梁子压得很低，像吃人伯爵的浓眉。地面凹陷处积水（如果不是积血）涟涟。这幢七层建筑本该成为办公楼、医院、学校……眼下只能站在野雾里适应新身份：凶兆大饭店，阴风四面穿堂过，鬼影一步一婆娑，至少一百五十个血光单间任君挑选。宵小之徒在它干硬的肠道里捉迷藏。杀人凶手挑一间抛尸，再挑一间上吊……很明显，张枣儿不是一个那种程度的冒险者，但杨白马的体温（他们很自然地手牵手——考虑到环境险恶，此举难道不是人之常情？）确实唤醒了某些童年记忆：花坛灌丛，通往随机图案中心的纷乱小径，那个半蹲在地、梦想珠兰丛可以扩张为原始密林的小孩。她恳求这一次这一座迷宫让她煞费苦心，她恳求这一次这一座迷宫将她困住并用香甜的恐惧轻轻将她撩拨。通向迷雾吧，通向秘境吧。所有她造访过的镜子、镜宫、"哈哈镜乐园"，所有她以为是镜像的出口和她以为是出口的镜像——入口处的黑布帘一经掀起，玻璃齿轮立刻启动，那是另一口钟上的另一种时间：一口银钟（而庸常时间都由一口铝合金钟记录）。无从想象的星星的光泽。无数镜面亮起，私禁那束时间；如果遇到玻璃，时间穿过去，辟一条虚妄的路；这是时间的八面体、十二面体、二十四面体，这是旋转的时间、分裂出时间的时间，无尽个路口招呼着"来这里，来这里……"——真实的通路却只有一条。

电梯间呜呜低吼。杨白马探出头去探视了它的上下两端。他们朝里头丢碎石块。啪。啪。啪。五楼楼梯口躺着一只电力耗尽的闪灯儿童鞋。

21

学校大钟连敲十七下（巨人朝四面八方胡甩十七只黄铜盘子），把天空敲出瘀血。离吃晚饭还有一段距离。啊真的耶。两个人假装苦苦思索，果然思索不出应该如何打发眼前可长可短的一两三个小时。到我那儿坐会儿吧，顺道把你们图书馆的书还你。也好。她第二次坐进那张床，但这次没有橘子，于是他先撑着窗沿抽烟（雾景，背影，没有手杖），等到天光从慈祥正派的鲜橙色变节为暧昧的幽蓝，便要拉不拉地拉上窗帘，就着地板坐下，左臂一不小心就要靠不靠地靠上她静垂的小腿。

现在她不在地球了。她被秘密传送至幽蓝空间，噼啪打闪的电流到处乱窜。她的心脏（蓝色的）已经肿得像吹好的猪。她腿侧烧着一条漫长、漫长的蓝焰，阴柔的，致幻的，冷冷地发甜。纵火犯虽然大体模糊，但那段弯垂似花茎的苍白颈子、沟通额头和鼻梁的深谷、无缘无故就饱含哀伤的右手每一秒都在试图摆脱混沌底色、贴近她炽热的核心。什么地方的卷帘门降了下来。火舌惊得一闪。她轻咽唾液之后重新守株待兔：呼吸、倾听、静待，直到他终于翻起身子半跪在她跟前，他仍是一团模糊甚至更加模糊因为暮色更浓幽蓝发酵为深蓝，他呼出的深蓝气息撞在她唇上，他不断上升的胸膛顶住她的膝盖（膝盖开始起火），他的脸突然倾斜至梦幻角度并加快了坠落的速度……她接住他了，在一团令人心碎的柔光深处，湿的、软的、逗趣般的摩挲，她短暂地松开，想笑完一个笑，可他紧紧追上，他握住她的肩头于是肩头也烧起来，现在他下倾的上身从高处压弯她，她仰起脸，后脑勺贴向脊背，细颈折叠成U型管，放心，筋骨柔软得很因为学过土芭蕾，感谢妈咪……他捧住她的脑袋像新娘捧住捧花，他的唇舌要往她的更深处去她却突然挣脱了。她缩身上床。她缩身上床的动机有许多可他选择相信那是一种邀请，一种孩子气的引诱，他踢掉鞋，她吓了一跳，她的后背已经抵住墙壁退无可退，啊他微微喘息匍匐前进的模样真是迷人至极尤其是在蓝色焰火映衬下——他捧上她，这次他要从耳垂开始，她听见他呼出风暴……"你是真心喜欢我吗？"她双手死死抵住他的胸膛，带着哭腔问。

22

什么东西在黑暗底部汩汩搅动，最后一颗灯泡也寂灭，墙壁渗出鬼影。等到房间里一只新鬼都挤不下了，小孩就浑身汗湿地爬起来，抱着枕头，蹚入黑暗。枕头是浮木，拖鞋是蛙掌，蹚啊，蹚啊，抓到爸爸妈妈的房门，爬上去。

有时小孩能得到一个拥抱外加一块临时封地——在爸爸妈妈中间，或在妈妈那侧。香喷喷，软绵绵，像杯子蛋糕蓬松的云顶。有时小孩得到一碗闭门羹。恕不解释。然后是游回头、群魔乱舞的长夜、颈窝处的泪湖。

还有一次，小孩没敲门，一拧把手就进去了。房中漆黑。两条黑影，不像人，倒像蟾蜍，一只叠一只，不住地拱腰。

小孩一愣。是一连串的结冰。身体先于意识结冰。两条黑影也结冰。等房间的结冰完成之后，小孩、黑影和房间就冻成一件作品：巨型黑琥珀。永远在记忆博物馆展出，少有人搞到门票。

门把手突然变烫了。小孩反身就跑。地板也烫。高温劈出一条火路，地板噼里啪啦地烧啊！耀目的炭芯、白灰、热气……逃回房间时已成半熟小孩肉，外皮焦脆，心子带血。关门，钻进被子，笔挺躺好。开门声，嘀咕声，脚步声，浴室水声。这些声响像撒向暴风雨的一小撮木屑。小孩装睡，仿佛装睡是有用的。门开了。闯入者毫不留情地捅破了小孩的装睡。但还是要装完的——慢慢睁眼，眉头也要皱起来，"啊？"小孩假模假样地揉眼。只穿一条裤衩的爸爸站在那里，脸上两团红晕上下颠簸，眼珠子一下子小一下子大，耳洞子呜噜噜喷浓烟。爸爸的大拳头嗙嗙嗙嗙把小孩砸扁啦！小孩变成一截弹簧，叮叮哐哐弹跳。

小孩听见妈妈的脚步声。妈妈正从浴室走出来。小孩希望妈妈能进来帮帮忙，可妈妈径直走掉了。小孩听见锁舌咔嗒一声顶进槽里。爸爸大拳头继续嗙嗙嗙嗙砸。小孩弹簧只好继续叮叮哐哐跳。

23

那个问题让他吃惊，谁知道呢，也许他常听，也许每个姑娘都或真心或假意地问过。他饱含深情、几近痛苦地压住她的下唇，她以为他下一秒就要饮泣起来，"傻瓜，"他轻声说，像是不忍惊动沉沉暮色——正是那暮色迷了天地万物的魂，"傻瓜，"他哀伤地呼唤，他的拇指继续温柔地抚弄她愈渐柔软、松懈的口唇，他叽里咕噜地吻上去，当它是熟透的浆果，小心翼翼地吃，他后半截话融化成果泥、果汁，起先她还天真地试图听清，后来便像喝醉，忘了那个悬而未答的问题，或误以为他用行动回答了——她软化下来，不可遏止地要去顺从那个黑色的重心。他扶住她，先用手，然后用身体。他蓝色的火焰的身体熔化了她。牵小狗的女人从枕头底下露出一角看见她熔成汩汩流淌的铜水，而他朝她俯去，加深她液态的阴影，加深她紫金的晕眩，他潜入那泓颤动的液体里，他迟疑过吗，他感到她是一排紧绷的弦，他一遍遍亲吻不断扩张的默许之地，沿着袅动的肌肤细纹、迷乱的纯铜路径，出发又归返，每次都朝那微启的金蚌更近一步，舌尖被无法承受的温柔割伤，又退缩，又整装，循着一道光、一根高温之绳，重蹈覆辙，用叹息掩饰热望，他们擦过又擦过，像两只打招呼的小狗，他愈深了，尝到她曾有过的所有梦境的味道，尝到她五岁时一件伤心事儿，她从奇异触觉中（舌苔丘陵，H.R.吉格尔式的上颚天穹）得到了满足，她用额头示意，想把一切结束在柔情蜜意之中，可他不，他要更荒唐的，手开始发狠，侵略了她如在梦中的肩头，并且往下，往下，像个醉鬼，滞重又猛烈，她推他，他以为那是嬉戏，她终于意识到将要发生的事——她并不反感，倒是充满好奇，像个捏着票子翘盼入场的戏迷。

24

有过一支姑娘的队列。像《金色阶梯》，或杜尚对同一场景的粗野变形。她们是折剪的纸带子，成串荡着，收拢时叠作一个：最初的那个。蓝图就着她勾勒，剪刀就着她剪，所有的雕琢、巧思都属她。底下一嘟噜不过是偷懒，是看都不看的折叠、复制。张枣儿是那一嘟噜中的一片。杨白马将另外十数片命名为河湾、晚霞、赭石、阴天、远山……同理，他将张枣儿命名为浓雾。她们是贴在城门上的纸片，从此他只记得她们而忘了城市。河湾城是怎样的？别问他。他只记得河湾女士，坐在水声旁，河湾城的河像她；他只记得多河的河湾城，每条河都是河湾女士，都是她被灰色尼龙丝包裹的小腿；她用脚趾头踩下高跟鞋时弄出一声"呲——"，像划燃一根火柴，火光映在水上。还有晚霞女士，总在把她的长发揉起又放下，于是晚霞城是一团蓬松、鬈曲、染成褐色的毛，像烦躁缺水的云。赭石城太瘦。阴天城有表现癖、妄想狂和舔嘴唇症。远山城没一句实话——无妨，他最不需要实话。他离开她们的路径呈现为焦黑色泽，是厌倦烧焦的——是厌倦吗？时而在旅馆时而在女士们的寝宫（都是些奇境，墙壁被刷成葡萄紫、工厂蓝或青椒绿，太笨重或太轻佻，太蠢钝或太博学），臀部升起，在皮面椅或布面椅上留下品质不一的拓印，最后连拓印也消失了。她们去倒水、开电视、对镜梳妆，较常见的是倦倦然步入卫生间弄响了什么东西，留给他烟花熄灭后的寂静夜空。他听见一枚伪币从高处坠落。他压在自己手臂上，倾听直至它落到了底。每次都是伪币。纯金的那枚藏于记忆的禁林：纯金、纯金的指和掌，摩挲过他青涩的肉冠。

六　ΔFosB

25

　　一种家传的对植物的隐秘崇拜至晚从爷爷开始。"看树者"。林奈。布丰。夏多布里昂。雨果。柯罗。狄兰·托马斯。对花柱的赞美。对退化花瓣的追忆。芳香化合物激发的轻浮习性。连通的血脉是对蜜腺的模仿。爸爸希望爷爷拥有一个永恒芬芳的灵魂，或至少，一处永恒芬芳的安息之所，于是在坟墓地块上布置了小型草坪，用茉莉勾勒边界。"茉莉皮实。"爸爸说，把仍套着黑色育苗袋的茉莉苗移出纸箱。小叔叔也在，拄一把铲子等着。光圈越扩越大。大姑妈、小姑姑、家明哥哥、佑恩弟弟、妈妈、大姑父、小姑父，一个接一个从黑暗浮现，然后是鳞次栉比爬满坡面的墓碑、人工湖、远方的公路和树林、一九九七年八月某日半阴的天空。

不知为什么，那片风景充满我，把我变成一头光怪陆离、寂寂然悬浮的水母。杨白马已经睡熟，留给我一个柔和起伏的后背，太过柔和，仿佛没有尽头。我在黑暗中眨眼。我站在毛玻璃外，隔着蓝色咸水、波光、袅袅摆动的水藻和成群游过的其他凝视爷爷的落葬日。吉时。耷拉着脑袋的灰色的人。那种日子总会下雨，奇怪。一挂鞭炮已经炸完，光秃秃的地块上黏满湿透的红纸屑。

第一次为死亡放鞭炮。第一次烧黄纸。第一次会晤死亡——没有象棋盘也没有镰刀。家明哥哥和佑恩弟弟也是第一次，我们三个在住院部接待室里放声大哭，面面相觑，打哭嗝。佑恩弟弟把头都哭红了。我记得晚霞和树荫间静垂的国旗、横幅——"热烈庆祝香港"后面的字被枝叶挡掉了。

26

一扇大门打开：新世界之门。青铜门板一掌厚，被一人粗的铑合金链条缠了又缠；又有荆棘围栏、盐酸护城河，全副武装的守卫牵着三头犬日夜把守——现在大门裂开，神不知鬼不觉，在我十八岁的第四十二天。

杨白马当着我的面撕了车票，在头天夜里的两番云雨当间——以幕间剧的标准来看，他克制的多情、富含悲剧意味的嘴角和画龙点睛的一撕都可圈可点。他原计划将余下旅费全部用于续租我俩的临时爱巢，可人算不如天算——当房东发现有个不知廉耻的小荡妇每天（其实只有三天啦）钻进自家卧室（房东女儿的香闺，那孩子去热岛念大学了，于是房间里的粉色窗帘、布娃娃和星星漂流瓶都变得合情合理）和自家房客乱搞，就雷厉风行地奉还房钱、请这对堕落男女滚出他温馨正派的家园。杨白马只能改租旅馆——我俩太忙，拿不出更多时间精力放在到处找房子之类的琐事上。于是租房成本翻倍，他在浓雾城逗留的天数从十四天腰斩至七天。

迫在眉睫的暂别（他重申了六十六次："只是暂别！"）、求知欲、无邪的好奇心和露珠淋漓的新鲜感，随你怎么说吧，激励我俩在爱的乐园日夜耕耘——我没准能做夏娃，可他必定做不成亚当；他是那条蛇，缠在乐园唯一一棵果树上，嘶嘶，嘶嘶。丰茂的黑麦冬丛，静待钻探的地下泉，一对果实，一袋果实，奶与蜜与种，满嘴儿语的夏娃紧握肿胀的蛇，器官飘离身体，悬浮，膨胀，串成垫脚石，轻盈的我俩踩着，横跨了光芒之河。也不全是室内。我俩都爱旷野天空、雨露清风。鞋盒宝典派上用场，许多手法、技巧可供借鉴。景区露天停车场僻静处，一丛没有花的花佩菊轻擦我的小腿。农民兄弟的花木林里，花楸最末一批鲜红果串在我耳旁摇荡。海拔两千多米的冷杉荫翳下，他刚替我铺好探索者牌防水毯，我就在毯子边缘发现了一小片星叶草；我尖叫并托出标本夹；我在标本课上用三版星叶草标本赢回一个（久违的）高分。我俩碾烂角蒿，后者释放炽热潮湿的草药味。我俩撼动珙桐，可惜花期已过，并没有娇嫩的白鸽成群飘落。我俩为这些别开生面的郊游准备了防水外套，外套每每满载枝叶碎渣、草浆和蜗牛汁而归，无一次幸免，"山林的湿吻。"杨白马指着那些草味烂泥说。我俩是萨提和宁芙，弹跳，嬉游，从山巅滚到山巅，在蔷薇科、杜鹃花科、唇形科和豆科成员扎人的怀抱中创造震颤与交响。

我打开如一张网，网住风雨、花瓣、沙尘、蝶翼。我网住暴风及暴风裹挟的一切。我在摧枯拉朽的冲撞下升空，又被低吟如潮退的爱抚平息、软化；我滑入梦乡，那里大地冷却、方尖碑弯垂，那里躺着杨白马，筋疲力尽、苍白失色，沉静如古代。

27

Aphrodisia 是一个古希腊节日（敬爱美神、春药和妓女），同时也是"性欲炽盛"或"快感"；它的词根像隆起的海绵体一样突出：阿芙洛狄忒（Aphrodite）——

我的性知识大部分来自书本，福柯让我的性幻想塞满爱奥尼式柱子和托加长袍，弗洛伊德则教我多用比喻——我喜欢快感的阿芙洛狄忒化：丰腴的、乳黄色的金星，放纵的礼拜五。激情，趣味，微辣的惊奇——我全都感受到了。我还想感受更多。我甚至不确定我俩当中谁才是"不知疲倦"的那一个，因为，似乎，他是知道疲倦的：有那么一两次他亲口承认他累了，"我累了，"他说得极轻柔，露出罪臣之笑。那都发生在一天中的第三次或第四次之后，我仍垂涎他银白的肌肉、丝滑的鬃毛，我抱着一线希望朝他游去，我逗弄他沿岸的肌肤……他抓住我，笑着，把我揽入凉冰冰的怀里，"好了小坏蛋，"他说，妄图用轻拍催眠我，"先让我睡一觉。"他睡了，当然，那已经不是让不让的问题，而我在他旁边急火攻心、翻来覆去。我翻滚、蹬腿、叹气、悲鸣。我捏他鼻子、挠他、朝他耳朵吹气、乱甩他沉睡如泥的小兄弟。我甚至哭了出来。

28

爸爸妈妈坐在沙发里，笑嘻嘻的。爸爸一手举一本翻开的书，一手搂妈妈。爸爸妈妈笑嘻嘻地看书的肉，书的皮对着小孩。

"你们在看什么？我也想看。"小孩站在那里。

"滚开滚开。"爸爸笑嘻嘻地说。

书的皮上有一男一女，吹了头，化了妆，精精神神的，像挂历里的人。书名打着竖，印在那对男女脸上。

后来有一个下午，爸爸妈妈都去上班了，小孩在家里翻东西。在一个必须站上椅子才够得着的吊柜里，小孩又遇到那本书。从那以后，只要爸爸妈妈不在家，小孩就搬一张椅子去拿书。小孩读那本书的时候，总需要一个枕头从旁帮忙。

但事情也可能是：

爸爸妈妈都去上班了，小孩在家里翻东西。在一个必须站上椅子才够得着的吊柜里，小孩挖出一本书。书的皮上有一男一女，吹了头，化了妆，精精神神的，像挂历里的人。书名打着竖，印在那对男女脸上。从那以后，只要爸爸妈妈不在家，小孩就搬一张椅子去拿书。小孩读那本书的时候，总需要一个枕头从旁帮忙。

后来有一个晚上，爸爸妈妈坐在沙发里，笑嘻嘻的。爸爸一手举一本翻开的书，一手搂妈妈。爸爸妈妈笑嘻嘻地看书的肉，书的皮对着小孩——小孩认出来了，是吊柜里那本。

"你们在看什么？我也想看。"小孩站在那里。

"滚开滚开。"爸爸笑嘻嘻地说。

29

请允许我摹仿契诃夫：杨白马是热岛人，他在一个晴朗、寒冷的日子回到热岛。离圣诞节还有十二天，离春节还有六十一天。我拖着行李箱搬回宿舍，赵静向我投以诡异一瞥。

我写信、等电话。我失眠。我整夜整夜地听枕芯里一堆彩色方块碾来碾去，直到把自己碾成一摊彩色烂泥，直到黎明用渐亮的蓝色把它们盖过。那种蓝色独一无二，"蓝色时刻"，像极地，像至境。我失眠因为该打来的人不打来，不该打来的人打爆了电话。

——我是指妈妈。刚开始她不要命地往寝室打，我说：你可以打我的小灵通吗？小灵通之所以叫小灵通——我听说——是从《小灵通漫游未来》得来的灵感。我拿着我的小灵通，在灌满雾霭的冬夜操场一圈一圈地走。小灵通里的妈妈（被塑料壳囚禁的老仙子）又哭又闹，把丈夫（"是前夫。"我冷冷打断。）的荒唐事翻来覆去地数，还有姑姐姑妹们如何祖护兄弟啦，婆婆如何暗讽她生不出男孩啦，命运如何迫害她啦。我是无论如何没有勇气留在楼里了。十二月的户外夜晚太冷，必须一刻不停地动换。有时我会撞上迎面而来的情侣——能见度太低，等我反应过来已经怼到鼻尖前。有时会被浮沉于浓雾间的断肢吓到，半扇脸啦，一个留着水虎发型的天灵盖啦，两截鼓鼓的大腿啦。太冷了。妈妈可不用挨冷，她在亚热带；她也不必躲到冻掉手指的室外去，因为宽宽敞敞的家她一个人独占。她甚至忘了质问我有没有把衣服穿够。她讲呀，哭呀，讲呀，哭呀，泡在她自己的悲怆里，像黑水畔的那喀索斯。说到那喀索斯——我去上早课时看见比我更早离开宿舍的李黎，远远站着，朝一丛绽放的黄水仙俯下身去，那一秒她也像那些黄水仙：摘了，可惜；不摘，更可惜。而我已经不再拥有可惜之物了。我右手拿小灵通，因此被冻僵的总是右手。在口袋深处躲了很久的左手拼命搓右手，覆满白霜的嘴呼呼呵气。我就这样又搓又呵地回到宿舍，我问：刚才有我的电话吗？没有。李黎说。没有。赵静说。孟小婉自从谈了个男朋友就不太回来。她的蚊帐总是放下，好像里头有人似的。

有一次趁宿舍没人——我特意掀开孟小婉的蚊帐确认以保万无一失——我抽出 IP 电话卡，再用一枚硬币刮开密码涂层。等到那个女机器人请我输入密码串时我挂断了：我突然想起妈妈说的关于男人的话。她在小灵通里给爸爸下定义，也给全体雄性智人下定义，她偏爱"没有……不……"一类不容商量的句式——

"没有男人不偷腥"；

"没有男人不喜欢年轻女孩"；

"没有男人不始乱终弃"；

等等。我没有告诉她近半个月以来发生在她宝贝女儿身上的那些事，那些……质变：捅破口的袋子、化作一抹血迹的关卡、她所忌恨的下流欢愉。怎么可能告诉她？开玩笑。我在信里发过三次脾气、哭诉过五次、夹塞过一份彻底干燥的白花车轴草。我是信笺豢养者。信笺一哄而起，飞越一千三百公里和牙签般穿插其间的情欲，纷纷坠落收信人脚旁，死于疲惫和脱水。一千三百公里之间挤满湿漉漉的女体，搔首弄姿，连抖带甩，汁液漫天飞溅。我心神不宁。我连挂三科。妈妈什么都不知道。

七　咸水

30

　　后生仔比小孩大八岁。起初后生仔是小大树，条脩叶贯地长在小小树当中，一过二十二岁，忽然以成长的速度堕落下去。起初小孩爱后生仔，后来则担心自己会变成下一个后生仔。

　　后生仔没少被打。爷爷在的时候爷爷打。爷爷不在的时候爸爸打，是为"代行父职"。打变成一根闪闪发光、别人看不见的银线，联结着小孩和后生仔。所有人撅着屁股埋着头玩万代牌小汽车的时候，小孩能看见那根银线在她和后生仔之间荡来荡去。

　　否则，浪费牛奶那次，后生仔就不会救小孩了。

　　爸爸让小孩喝温牛奶。是六岁的小孩。六岁的小孩恨温牛奶。恨仍未睡饱的清晨一只奶锅放在炉上咕噜噜发颤。恨满屋乱游的奶香。恨又皱又烫的奶皮——妈妈用一根筷子挑起，嘴巴半张，亮晶晶的舌头伸得长长的，去够。小孩恨温牛奶对肚子干的坏事，为蠕动的大肠和不可预测的屁味担忧。但爸爸命令小孩喝。这么有营养的东西，凭什么不喝？每家每户门边都钉了一口小木箱，睁眼第一件事就是用一把小钥匙开锁、取牛奶。

小孩跟抽水马桶商量了一下。抽水马桶咬咬牙，答应替她喝掉温牛奶。可小孩忘记按下抽水阀门。那是在爷爷奶奶家。小孩举着白斑豹一般的玻璃杯说：我喝完了。

抽水马桶一下子就招了供。小孩——现在是小骗子了——被拖进离她最近的房间。脚跟在地面犁出深槽，比老牛犁得好。犁地像老牛，喊起来倒像猪崽。砰！爸爸把半牛半猪的小骗子拖进去啦，甩上门，从里面反锁。大人们都在门外团团转。怎么能这么打呢？不能这么打啊。他们转来转去地说。

只有后生仔冲上去，一拳拳砸门。门上生出个大窟窿，像只眼泪哭干的黑眼睛。所有正在长大、正在变老、正在变好、正在变坏的人们，还有新来的已经学会说话的孩子都指着它问：门为什么有眼睛？后来，后生仔打老婆、打女儿、打儿子、酗酒、乱搞女人。但是最让大人们生气的还要数这个名号：寄生虫。打人向来不值一提。奶奶总是举着拳头喊：不能不工作！却从来也不喊：不能打人！

后生仔最好的日子刚好也是这世界最好的日子。后生仔穿全套牛仔衫裤，身后是晃动的柔光、孩童的尖叫、时升时降的假米老鼠和假唐老鸭；他又重新是工人文化公园儿童乐园职工，坐在"太空飞伞"售票亭里，当着那扇小窗望着你笑；他踢里踏拉走出来，咧着嘴，眼睛故意看别处，船首像一般的刘海颤动着，说，票，接过票，推上飞伞护栏，扣紧，说，坐稳，铃响就开始，走向另一只飞伞；他在售票亭里看一会儿孩子在天上乱飞；看皮带、藤条、温情、酒瓶和别的什么在飞伞舱里尖叫、旋转、攀升、旋转；他喜欢小孩去找他；他必定溜号，带小孩去玩不要票的碰碰车、海盗船、小飞象和茶杯转转乐；他使得小孩那阵子的志向是"在游乐园上班"。

有一天后生仔讲了个笑话，桌上十个人没有一个笑的。后生仔的笑声空响了很久，听起来像呕吐。于是小孩知道后生仔最好的日子结束了。

31

说说拔河的故事。一根粗麻绳，中央缠一绺猩红绸缎。在头十二年，妈妈的胜利是压倒性的。慢慢就不一样了。慢慢地，红绸扭扭捏捏、优柔寡断，不太想去左边，也不太想去右边。妈妈还不习惯输，但她确实越输越多。等到红绸终于放弃无谓的颤动，果断地、幸灾乐祸地冲向远方，昔日的常胜大将军先是一愣，继而被彻底激怒。她蹭，她爬，她满地打滚，她分明筋疲力尽却还是不愿罢手。我呢？我把麻绳绑在一个什么桩子上，愚弄她，腾出手脚来，无牵无挂地观赏她出丑——只是一种最轻的报复，报复她在我身上使过的坏招：诋毁、贬损、抑制、不怀好意的冷嘲热讽……一度我相信她私底下害怕我夺走她的丈夫，事实证明夺走她丈夫的另有其人，另有许多人。这就是拔河的故事。我压下防盗门的卄形把手，行李箱跟在我身后。妈妈双腿大开仰躺在沙发上看我。

爸爸的东西一件也找不到了。一定有过一连串锱铢必较的地毯式杀灭行动。我不禁为鞋盒担忧。我潜进湖底打开鞋盒，满目是我和杨白马的肉。我斜眼说："你还能不能有点自我了，不就是离个婚吗？"她站着哭，走着哭，坐着哭，躺着哭。她离五十五岁还有十年。唉，退休了倒好！

她既不愿意去奶奶家吃年夜饭（像以往每年），也不愿意去姥姥家吃年夜饭（自出嫁后就未曾有过）。天很黯，并不冷，一条长街到底空空。我不太想挽她手臂，却还是挽了。

"你别哭了呀，"我说，"我也有我的烦心事。"

"呵，你能有什么烦心事。"

嗳，好妈咪，你亲爱的独生女两个多月前失了贞，对方是个装模作样的流氓，私生活比你那萨提丈夫不知劲爆多少倍；更有趣的是，这样一个正值壮年的花花公子竟被你的贪吃蛇女儿吓破了肾，逃走至今音讯全无，留她哭哭啼啼、打着饿嗝，而讲出口的却是："人人都有烦心事，不只你有。"然后又背了一段："一个人的痛苦即使再深重，也会在人群中消散、退却、化作无形。"

好妈咪甩开我的手。

两个大年夜的失意者，孤儿寡母，游魂野鬼，在无底长街空投她们料峭的影，又变换了阵型，从并肩相扶裂变为一前一后。我挹着夜色，啊夜色，淹没一切的漆黑苦酒；幸福之家则是团团灯火，是我望见过的夜船的辉光，可以免受那苦酒腐蚀的。好不容易遇上一家尚未打烊的食肆（"阖家欢茶餐厅"），我俩头也不抬就钻进去。白炽灯的惨白反光刷在橙色塑料桌和配套塑料椅上，加班服务员刚要用眼神对我俩下咒就反被我的女伴吓个半死，急急脚奔向柜台唱机，请财神出来救场。我俩听着《财神到》点菜。妈妈点了一盘子小炒肉配饭，我点了一盘子咖喱猪扒饭。电子鼓点和电子鞭炮的倾盆大雨砸落塑料桌面。服务员借助镜子研究妈妈但被我识破了——他和我在镜中世界撞了个对眼之后逃之夭夭。我俩一声不吭地吃,一声不吭地打手势结账。我俩原路滚回像两片被风踢着跑的枯叶,脚步声坠入空空长街底,撞了楼角,撞了灯杆,汀汀汤汤。红灯笼沿街高挂。挥春和菱形福字已经贴好。茶花、年桔、散开的水仙沉在黑影里,灯一亮就蹦出来、变成彩色。每一块窗玻璃都不容落空,金的红的印飘于明的暗的风景上。成双成对的拜年娃娃上门上墙,男娃娃在左,女娃娃在右。可不一会儿男娃娃就扎堆跑路了——我的风骚爹咄、我的苍白爱人。

　　妈妈每年都要置办年货,深信哪年少了哪样就要倒大霉。但妈妈的迷信至少不如她的妈妈严重。人真奇怪。姥姥和奶奶都长在漫天神佛之地,也都进化成妇女干部,奶奶把神佛革清爽了袋口一扎扔出脑袋,姥姥却没有。姥姥在自家小偏屋里摆了香案和一案子的陶瓷神仙。观世音、孙悟空、三寿星、八仙、弥勒佛、哪吒、哪吒他爹,你一走进去,神仙们便涌涌然看你的热闹。姥姥传给妈妈的祖传箴言包括:不可送刀给亲人;不可送鞋给丈夫;不可送钟给寿星公。我给妈妈送过刀(母亲节,双立人,"邂逅摩登生活,体验烹饪乐趣")。妈妈给爸爸送过鞋（皮尔卡丹，贵人鸟，老人头，好几双）。

往年我们一家三口去买花。鲜花的街市望不到底。花和叶夹道，叶也焕发花的姿色——你的心自会动手涂，把一个世界都涂得花斑绚烂。人挤满了。花、花样的风车瓣、花样的儿童的脸从人怀里向四面八方戳。人潮也像花一样开，开烂了，摇荡作光泠泠一条河。一街的燐烂在日下晃着。新年总不会冷。新年之热啊，好些北方来的花都憋蔫了。爸爸负责开车、付账、搬抬。给奶奶家也送一车。都是妈妈在屁股后面催着干。该洗邋遢啦！该剪头发啦！该贴挥春啦！该浸水仙啦！该挂利是封上树啦！妈妈一直做我和爸爸的包工头，我和爸爸呢，又始终爱从她高举的棒尖儿上流下来，流作一摊，躺瘫着，给她添堵。我和爸爸生命中过半数工程是在妈妈的监控下搞起来的：别人有的我俩必须有，别人没有的要是我俩有了就算违建，要立刻打倒拆除的；要是由着我俩胡来便绝无那些玩意了，一眼望去只有旷野，承着刮来刮去的风。

〇二年春天妈妈只能自己干。妈妈一个人坐在静悄悄的车厢里开车，眼睛肿起来。开车的时候倒忘记了哭。

我说："今年就别费劲办年货了。福啊，吉啊，跟我们有什么干系？"

妈妈破口大骂，一阵飓风似的卷了车钥匙出门（卷倒了几把椅子、伞桶和伞）。妈妈在副驾、后座、后备厢里塞满花，袋装鲜切玫瑰、盆栽卡特兰、盆栽黄水仙、盆栽大丽花、盆栽倭海棠、巨大的金桔、巨大的"发财树"，那片临时密林一遇车身颠簸就哗哗发响，而她修剪过的、反应过来时已被染成栗色的头发在密林间闪现。如果你用心感受过，你会发现世界总体是挽留你而非推拒你的。她把它们弄下车，弄进电梯，弄进门。她撬开女儿的手，阴着脸继续搬。

32

亲爱的观众朋友们晚上好，新世纪的第二个春天正在向我们走来，这新世纪的第二缕春风飘散着五千年的馨香，二〇〇二年春节联欢晚会和你们见面了。你们最好已经坐在了红纸金字的海洋里，果盒是满的，均均真真摆出利是糖、红瓜子、油角、糖藕、笑口枣、糖桔、椰角、糖冬瓜八瓣八样；你们最好是团团圆圆、欢聚一堂，那张只在大场面抬出来的折叠圆桌已经撑开、抹净，一层细白面粉已经撒好，擀面杖和装了重重一坨馅儿的不锈钢盆已经放了上去；你们家的媳妇（有时是两个，有时一个都无）最好已经起身，走进厨房端出盖着湿布的面团；你们最好这就开始包饺子，直到你们一个媳妇也不剩——趁还有媳妇晕头转向地包饺子，你们其他人最好已经围着另一张桌子玩起纸牌；你们每人一个座，款式不同的靠背椅、折叠椅、塑料椅、茶几，从角角落落里冒出来，绕着牌桌插塞一圈；你们最好也摆出了庄家座：扶手椅，高，软，堂堂正正；还有赌注，你们最好摆出赌注，摆在鼻子底下，五块钱，十块钱，五十块钱，"买定离手"；你们小孩子放五毛、一块、两块，不要超过五块；超过了，收回去，重新放出五毛、一块、两块；你们最好都用新银纸，沁着酸眯眯油墨味的新银纸；庄家发牌时候，你们的手指最好在银纸角上摸来摸去；小姑父最好用港币；要是小姑父唰地抽出一张大牛[1]，你们最好立刻起哄，小孩子要立起来喧哗鬼叫、跳跳扎扎；每年都是大姑父坐庄，那样最好。

你们再也找不到这样遗世独立的一夜，遗世独立在于你们要在每个冬春之交都经历一遍一模一样的一夜；你们最好不要妄想改变因为你们必将失败，你们必将要么痛哭要么陷入回忆就像这对母女，一个丢了丈夫，一个丢了爹哋，母亲正在指责自己的女儿太像自己的母

---

1 伍佰圆港币。

亲：自私、冷血、恶毒；女儿则顺势忆起姥姥孀居的省城。省城的老是千岁的老。珊瑚礁之城。时光的分泌物变硬，街道滋生街道，楼宇娩出楼宇。昏渺渺的钙化时光在大地上起来，亿万孔洞间塞满人类，那些软体，生着灭着，给它添新的灰，作成新的拐角、斜坡、罅隙。省城是荡在深潭里的影，咸水城则薄薄一片。她看着它从平地起来的，因而理解起来容易。省城不同。她年年去，年年看不懂、认不得。那些老街细道都是门牙极细的庞然大物啃出来的。树也是，通身都是妥协、变通、辗转，嵌在碎的时辰之间，碎的时辰便经了金缮，重组起来。"咸水城的树则是很生的，"这个女儿在信里写，"抱着臂，明明是怯却要假扮成漠然，像我。夜幕降临，姥姥开始走来走去。白沙样的拖鞋声荡开了，你能看见白沙的尖，尖上银鳞鳞的光的打闪；白沙样的声漫过走廊，漫过高挂的软绵绵的睡衣的软绵绵的影子，撞上墙根，荡回来。最后连那声也困了，姥姥就完成了每日的散步任务。姥姥坐进沙发摇晃起来，像一根很涩、很涩的钟舌。这里春天多雨，夏天酷热，没有秋天，冬天短似一阵咳嗽。你站在朝西的走廊上望，一根巷子在红砖洋房、老树和电线杆的拼贴画里游，露出一截细脊背。你所驻足的这个点，各种姥姥亦曾驻足：留解放头、别一根波纹发夹的姥姥，怀抱婴儿的姥姥，孀居的姥姥……这个点变得无法抹去。一扇隔开浴室和走廊的百叶窗也隔开我和我的童年：童年永远在另一侧，冒着水汽。有时姥姥出现了，被时间泡发的身体再被窗叶切成平行的白肉条。我只好迅速走开，哀伤地，想象水汽如何发一种茫然的光，如何吞没渐渐变淡、消逝的姥姥。"

"你给姥姥打个电话拜年。"妈妈看着电视机。

"你自己为什么不打？"

"你到底是什么女儿？"

我扭过身去抓电话。听筒里很空寂。嘟嘟声很远，像接连划过的肿胀的彗星。一根通道倒下来，连通此岸和彼岸的春晚。春晚融化作镜液漫至各处，将浸过的都变双份：双份喜庆或双份孤凄。是大舅接的电话。花剑运动员大舅闪转腾挪地试探。

"你们几个人吃年夜饭？"

"两个。"

"给没给你奶奶拜年？"

"还没有。我先给你们拜年。"

我把话筒递给妈妈，妈妈愤怒地挥手，像在驱赶苍蝇。我只好继续敷衍话筒。等我搁下电话，妈妈倒慢慢悠悠盘问起来。

"谁接的电话？"

"大舅。"

"大舅说什么了？"

"就那些。你听见我答的了。"

"姥姥说什么了？"

"你到底为什么不自己打？"

后来世界被烟花爆竹炸得起飞、直冲云霄。"亲爱的观众朋友们！"电视机招呼道，而观众朋友们已经从客厅吵到主卧，妈妈已经砸完一只陶瓷猫、一口小座钟和一个玻璃杯（砸出一条曲径），正试图咬烂窗帘，"听啊，春天的脚步响在每个人的心头，新年的钟声敲响了！"

拔河比赛为我斩获某种快感，每一次每一次，永不落空。弗洛伊德并不总是错的。即使妈妈已经身陷泥潭、惨无人样，那种快感依然成立。我知道妈妈向姨妈、嵘嵘姐姐和上官阿姨诉过苦，我也知道他们在背地里称我为帮凶。我知道我是坏女儿了，谢谢。我不知道以及想知道的是：为什么。

33

按规矩，年初一还要吃一顿团圆饭。按规矩，大年夜下的饺子要炸成金色，在年初一的团圆饭桌上排成月牙形。李黎问："你一个广东人过年也吃饺子？"我便再讲一遍爷爷姥爷参军南下的故事。假如吃饺子的广东人亦有成因，那么抛弃妻子的丈夫、害死母亲的女儿又怎会没有？

年初一刚过八点，家里电话就响。我肿着眼，站在楼梯口看妈妈接电话。等到妈妈终于不再打哭嗝，我就走下去，因为妈妈叫我下去。

"你说今天我们去哪里吃饭，你奶奶家还是姥姥家。"妈妈问。她挂上电话之后什么也没干，坐在原地哭了两个多钟头。

"为什么还要去奶奶家？"我也坐了两个多钟头，在楼梯口上。也哭。

我们走进空荡荡的火车厢。那年咸水城至省城还未通高铁，而绿皮车也已一去经年。妈妈仰脸靠着高背椅，像在强忍肚痛；眼皮紧闭，睫毛潮湿。

我偷偷摸摸查看小灵通留言信箱：空荡荡好似这节车厢，只有两条不被需要的垃圾短信百无聊赖地仰躺。我恶狠狠按下删除键。我看风景。我看妈妈。我看风景。推小车的乘务员走了过去，懒得跟我们说什么。查票。我递上我们的票。我看风景。我说："为什么谭定珍要把我爸介绍给你？"

"怎么说到她了。"妈妈的回答几乎算得上及时。

"真是害人。"我说。

"谭定珍有什么办法？介绍谁都一样，是个男人他就会乱搞。"

"屁。"

"你懂什么？你不听不信，将来要在男人身上吃大亏的。"

"你第一次见他就觉得他好吗？"

"他字写得好，我一看就很喜欢。我写不好字。"

我把脸转向过道。

"你根本不懂看人。懂看也没用。你这个人，打都打不走的。"我说。

大舅开的门。大舅突然冒出来的新老婆和新女儿穿着红大衣，一左一右傍着姥姥，朝我们挥手。姥爷的小神龛钉在墙上，两根电子红蜡烛一左一右亮着。

新女儿的意思就是字面上的意思：既是女儿，也是新的。那孩子生了一张来路成谜的大鲵嘴，我们家的祖传猫脸则无迹可寻。假如嵘嵘姐姐在场，定会把这一大一小轰出去。然后大舅会赏嵘嵘姐姐一记耳光。然后嵘嵘姐姐会把房子点了。嵘嵘姐姐就长了一张毫无悬念的猫脸。再过两三载，她和大舅就该携手庆祝反目成仇十五周年啦。

一下子就吃完了午饭。大舅提溜着新老婆和新女儿去睡午觉。妈妈也去睡午觉。客厅老钟每走一秒就发一个响。姥爷从神龛里望着我笑。姥姥倒是不睡午觉了，满屋子来来回回地走。手揣在兜里，像是揣着那件事：摸摸它吧，烫手；不摸吧，又怕被指责失职。

"你中午不睡觉啊？"姥姥问我。

"一直不睡的。姥姥怎么不睡啊？"

姥姥张着嘴走了。不多会儿又张着嘴踱过来，问："你中午不睡觉啊？"

若干年后我才回神，意识到这场对话大约就是老年痴呆的先兆。必然还有其他兆头掉落各处，只是无人注意，或会错了意。我朝〇二年新正头随便一望，哪里有什么新头正头？全是烂头。人人都烂头、周身蚁。姥姥懵头转向地，被烂头人挤到边缘，挤出时代镜头之外，散作一抹香炉灰。姥姥停不下来。要么走来走去。要么坐下来摇晃如钟摆。她已无力抵抗那个推她摇晃如钟摆的大手。她第一次听说爸爸搞外遇时慢慢张大了眼和嘴，"怎么会？没有想到会发生这样底事，"姥姥茫然四顾，目光在噩耗信使（嵘嵘姐姐）和家具身上扫来扫去，"我没有想到。"

"我没有想到。"她又说一遍。

下午总算相安无事。亲人们假装在为晚上的团圆饭做准备。电话铃响的时候我正在剁蒜。妈妈拿起听筒，一转眼就抽泣起来。棒呆了。宁静的伪装炸个粉碎。现在亲人们在客厅聚集——除了新舅妈仍识趣地待在厨房靡靡磨磨——大舅在电话旁蹲坐；新表妹直勾勾盯着妈妈，反复宣布"细姨哭了"；姥姥摇摆着，只希望女儿是不是能暂时别哭。我呢？我炸毛扑向话筒，妈妈挥舞手臂驱逐我，并且结结实实在我身上打出了瘀青。"你不要来！"妈妈凄厉尖叫，突然把话筒，那个倒霉东西，朝姥姥扔去。可怜的老人条件反射地双手去接，反应不过来那是个什么玩意儿，是星星还是人头，抑或从天而降的婴儿，举着它，一下子不认得了，忘了是干什么用的，直到她哭成泪人的女儿大喊"你亲家母找你！"，她才被催眠了似的贴耳上去："亲家母，你好，你好。"一种少不更事的天真在她眼底徘徊，大舅还那样坐着只是嘴更瘪下去一点，新表妹贪婪地看，厨房里剁肉声不知何时停了，姥爷仍笑着，妈妈把头歪向一边处理不时成串涌起的急喘，不倒翁复读机来来回回只讲那几句："我们也想不到会发生这样底事……是啊，谁想到会发生这样底事。"脸上是无垠的、苍茫的迷惑——最纯粹、最原初的迷惑，迷惑的原浆，繁殖出各种迷惑的迷惑蚁后、迷惑母巢。

电话已经挂了很久，姥姥还是忘记坐下。妈妈头肿脸肿，红彤彤亮晶晶，像打过蜡的花园矮子精，等不及膈肌恢复平静就开口说话，唾液丝从字和字之间挂下来："我本来一个字都不想提，我就想好好过个年，可你们逼我，逼我必须把事情摊开来说，好啊，那我们就把事情摊开来说。"

妈妈开始"摊开事情"了。"事情"并非我想象大如一张蛋饼；"事情"大得……辽阔。我十岁开始劈柴烧饭，我伺候你（指着姥姥），我爹（指着姥爷遗照），你（指着大舅），高建红（我姨妈，人在美国），你们哪一个在家里不是大爷？你（又指姥姥），从小就训练我、控制我！稍有不称心的，你就黑口黑面要死要活，你知道从你那里得到一个好脸色有多难？你知道有多少次我边干边哭？你和我爹从早到晚只会搞工作，白天搞工作，回家搞工作，我也不知道你们搞来搞去到底在搞什么工作，你管过我吗？哦，上面说去林场你就丢我去林场，你看张新国（指着窗外，指着一百多公里之外的我爸）他老娘，千方百计托关系，教他们诈病躲回来，再把他们搞去继续读书，你呢？你管过我们谁？（姥姥张着嘴，一脸茫然）我一辈子听你话，你让去林场就去林场，你让嫁人就嫁人，你让我嫁的什么鸟人？你看看张新国他老娘帮两个女儿精挑细选的人！高建红是自由恋爱，自己挑的陈有成，现在绿卡拿好了，陈有成把她宠成个大傻瓜，回国连个机票都不会买，我呢？我听你的话是个什么下场？我五年级就开始做家务、照顾脸色，我嫁了人做家务、照顾脸色，生了小孩做家务，我他妈的还要照顾这个死小孩（指着我）的脸色！你的血是冷的！人家小孩跟妈妈多亲，啊？我这么用心对你，我付出了多少心血，你对我是什么嘴脸？我今天碰到这种事情（又指姥姥），我到你家来还要做家务、照顾脸色！我还要把你们这帮人的脸色伺候得红红润润体体面面，妈妈把手里的湿纸团重重摔在地上，可那东西没能造出与她的暴怒相匹配的动静，她忍不住又哭，某种血红之物在她脸上绽放了，你们一个个的都是些什么鸟人！你们也配要脸？她枪口一转开始向大舅扫射，你高建设一辈子除了造孽还造过什么？婚也离了，牢也坐了，亲生女儿不闻不问十几年，混到五十几岁发神经去捡个便宜女儿（指着一脸痴呆相的新表妹）回来，邻居怎么议论我们家你知道吗？你不要脸我要脸！——又重新转向姥姥——事情发生了这么久，你表过态吗？你找张新国谈过吗？你做过什么？你知道他妈是怎么说我的吗？她说我生不出男孩就不应该怪张新国——

一声哀嗥。妈妈像表演中弹的蹩脚演员，慢慢、慢慢倒下，瘫坐在地，放声大哭。那哭声竟不像是人间的了。

34

回咸水城之前，姥姥把我叫进卧室。"你妈妈说我什么也没做，也是误解，我给你爸爸写了信，我眼睛不好么，手也肿，抖，就写底比较慢，我看我硬该写完，该表态底确实硬该表态，"姥姥颤颤巍巍地，转身掏着什么，"我读报读到这些，你说好不好给你妈妈看看，会不会对她有帮助——"说着递出一叠皱皱巴巴的剪报。

35

大姑父，受到——也许是使命感，也许是大姑妈的——逼迫，邀请妈妈和我在年初六"吃顿便饭"。

大姑父戴眼镜。在年代久远的滑面彩照里，我是刚会站立的婴儿，扒着婴儿床护栏或谁的棕色肩膀。三十出头的大姑父出现在画面边缘，像不小心漏进去的。那些个大姑父并不戴眼镜，留一层稀稀拉拉的短髭，总穿白背心，皮肤又黑又亮；有几个他茫然地同你四目相对，眼里炸开两团光。

那种照片有许多：地板倾斜，构图紊乱，俨然醉汉掌镜。这个醉汉偏爱闪光灯和饭桌，一朵煞白反光永恒凝结在茶色窗玻璃、日立牌绿冰箱或巨幅挂画（木框框住一片深邃的苏俄式树林，我以双眼而不是梦或马在其间蹒跚夜行）表面，造出一阵作用于视觉的巨响，衬得环境犹疑、黯沉；那些围着饭桌弓背吃喝的大人（爷爷、奶奶、爸爸、妈妈、大姑妈、大姑父、小姑姑、小叔叔）浑身油光，鬼鬼祟祟，腮帮子不对称地鼓起，牙龈或菜渣时隐时现；小孩则散落饭桌之外，被婴儿床或婴儿学步车囚禁，面孔扭曲，气急败坏，伸直手臂讨伐虚空。

一晃眼，人们不那样吃饭了，也不那样拍照了。孩子大了。老人死了。不过就是一晃眼。

某年某月某日，妈妈说大姑父是工农兵学员。就说过那么一嘴，我竟牢牢记住，连同妈妈的语气神色、她碗中米饭的弧度、壁扇摆过头来、苍蝇从一片菜叶上起飞。我那会儿不知道什么是工农兵学员，却被那氛围震慑：它穿过妈妈的毛孔，像粉扑摇出爽身粉，摇了满天满地。

大姑父家里有单独一间书房，那是我十四岁之前见到过的唯一一间正经书房：静谧，神圣，石英灯璀璨夺目。书架是定做的，满墙、通天，还有整整三层德文书。十四岁我们搬新家，妈妈也搞了一间书房，也定做了满墙架子，却凑不出足量的书把架子填满——事实上，离"足量"还有一段令人绝望的距离。大姑妈半倚书架，看都不用看就精准地抽出《咸水城中学生优秀作文选》，托着书脊一抖腕子，书页一阵扑腾后自然而然停在第一百三十二和一百三十三页之间，"这是家明初一写的，"大姑妈轻描淡写，"嗨呀，我和我老公都没发现他有这方面的天赋。"大姑妈让家明哥哥表演小提琴，家明哥哥就站在圆圆小小的石英灯下，闭上眼拉一段"沃尔法特"。大姑妈让家明哥哥表演钢琴，家明哥哥就放下小提琴，踩着柔软的羊皮拖鞋滑翔到钢琴边，摇头摆脑地弹《土耳其进行曲》。大姑妈说"家明暑假报了个网球班"，妈妈扭头就推着我跟家明哥哥一起去。爸爸和小叔叔还留长方体寸头，大姑父已经梳起发蜡大背头，领带下半截总在餐过一半时钻进衬衫第三、四颗纽扣之间。他越来越少出现在奶奶家，越来越多现身地方台新闻、巡视、剪彩、坐在自己名字后面。家明哥哥总会适时抬头，简单撂一句"哦，我爸"。

音乐声从挑得极高的天顶落下，似老井里的反光尘埃。两个马来歌手在餐厅中央自转。精美得死气沉沉的用餐区绕着马来歌手转。〇二年新春的咸水城夜景（LED灯珠攒成的大红灯笼、"恭喜发财"、到处乱射的惨绿激光）绕着这一切旋转。大姑妈在位子上招手，旁边戴金框眼镜、穿驼色高领毛衣的大姑父假笑吟吟。

家明哥哥呢？

嗨，他就不来掺和了。——这是你的知心老友大姑父。

这事搞的，我们年夜饭也没吃成。——这是慈悲为怀的大姑妈。

四盘沙拉降落在我们面前。

有什么吃不成的——这是阴阳怪气的妈妈——你们一家人吃你们的。

你还在怄气，你看，我就知道你还在怄气。张桦说佑恩接受不了，你知道的，张新国一直是孩子们的偶像来的，佑恩把自己关起来哭，说觉得好难受喔，哭完就叫张桦带他去看心理医生，我们没有一个人好过，老妈连年夜饭都是随便应付，唉，好好一头家，这么好一个老婆都不知道珍惜，大姑妈瞟了妈妈一眼，真的，什么都能散，家不能散。

张新国的好老婆一声冷笑。

汤。餐包篮子。我们做人老婆的应该要主动点，对不对。男人养家不容易，你知道的，张新国不朽吃软不吃硬，他不过想要个儿子嘛，可以理解。女人呢，大度些。给个台阶，这事过去了。主菜。一盘接一盘的劳什子。一个接一个撤掉的脏盘子。夜景一圈一圈地转。连甜点勺都撤掉之后，大姑妈拉妈妈去"讲讲悄悄话"，大姑父对我眨巴眼，示意"女人啊总是小麻烦多多"。

我没接，它哐一声砸在台面上了。"怎么样，"他换上会心之笑，拿起盐罐，"最近心情不太好吧？其实呢，面对这种事情的时候呢，你不用过多评论的，"他朝左手虎口撒盐，迅速一吮，又捏起一角柠檬麻溜一嗫，"你不要受它影响，做好自己，交给大人去办，要对他们有信心，他们能处理好。"

我盯着柠檬角——躺在盘底，被吸干了一半——爸爸的说法是，"我和你妈的事跟你没关系"。不过就是上个礼拜的事。爸爸回家取东西，一通乒乓乱响之后，妈妈扯着已经挣扎到门边的他："你难道不需要给女儿一个交代吗！"爸爸目光扫射过来。我立刻望向别处。

"父母肯定都是一样爱你的。什么都有可能改变，只有这份爱无法改变。"大姑父说。

真实、直接、懒得搞表面功夫，也许就是爸爸留给妈妈和我的最后仁慈。爸爸是那么真实、直接地撞开妈妈，压低犄角冲向我，"老子需要给你交代吗？啊？"他刺穿我，践踏我。我和妈妈哭啊哭啊，哭啊。

36

小孩家的打人是有传统的。已知爷爷打人。但打的是爸爸和后生仔，对女儿们和孙子们碰都不碰。据说爷爷打人和爸爸打人、和后生仔打人是一模一样的。由这个据说，小孩就大约知道爷爷有多厉害。

爸爸、后生仔打人。大姑妈、小姑姑不打人。于是你就知道，小孩家的打人是传男不传女。

爷爷打不打奶奶不知道。你绕着奶奶看一圈，就会发现她根本不像老实挨打的人。爸爸和后生仔都打老婆。后生仔有过三个老婆。爸爸妈妈离婚那年，后生仔暂时闹老婆荒，两年之后才娶的第三个。后生仔每个老婆都打。第一个老婆一碰就走了——她是小孩最喜欢的天津大小姐，白皙、丰满、爱笑，嫁进来之前常和小孩一起玩卡牌游戏。第二个老婆是苍耳子，怎么打都打不走；终于走了，却首要不是因为打，而是因为后生仔不高兴去上班。爸爸自然是打妈妈的喽。但妈妈终究也不是被打走的——走的是爸爸，且是为了别人。

还有啊，你们聊打的时候，总爱聊那种大的、广大的、巨大的打，一个人对一国人的打，一百人对一亿人的打。你们也应该看看玲珑的、方寸间的、关起门的打。不要看不上三口之家的独裁暴君。做卡利古拉的子民，和做小孩，有哪些方面、何种程度的区别呢？

有一包白色塑料袋装着的花生，袋子摸起来麻麻的，袋口打了个蝴蝶结。爸爸抓起来就往妈妈脸上砸。

妈妈哇哇大哭，哭得像个小贝比。小孩在旁边坐着看。上官阿姨、欧阳叔叔也看，不过立刻就出去了，轻手轻脚带上门，就像房里有个熟睡的小贝比。那是在一艘船上。他们两家子正相约游三峡。三日三夜都在船上，一家一个小套间。很平很平的大地压着很平很平的江面，上头一层绿的，中间一层褐的，下头一层黄的，一块无穷尽的夹心蛋糕，在套房小露台外缓缓倒退。牛像炒芝麻粒撒着。不过大人们头天上午就看腻了，钻进套间斗地主，一直斗到重庆去。小孩只好和豆豆玩。豆豆是上官阿姨和欧阳叔叔的儿子，头大眼睛大。小孩当然也讨厌豆豆喽。

砸完花生，又砸一把纸牌，爸爸就跨过碎了一地的妈妈去甲板上抽烟了。甲板上总有很多站着吃泡面的人。面汤、面碗扔进江里。

37

白天我俩面对面坐着，吃不三不四的几盘菜，用空气彼此折磨。然后我俩扛着木栅铁锁转移到客厅，指望电视机弄出的声画顶替叛逃的第三个人。但妈妈的脑子被黑水塞得那样满，以至于再没别的东西能挤进去；她还得不断往外吐黑水，才能避免罹患肺水肿、缺氧、酸中毒、急性反射性心跳⋯⋯她吐得最多的是"为什么"。

为什么。

还记得你给我念过的睡前故事吗？有一本人民文学出版社八八年版《格林童话》，封皮和封底都掉了，封三居中处印着一只刺猬，最常被我迷蒙的睡眼望见，于是仿佛是那只刺猬守卫了我幼嫩的梦境，还有少年儿童出版社八七年版《365夜故事（上下）》，漆黑封皮像极了窗外夜色，一朵烟花冲着一个小娃娃的大圆脑袋猛浇，小娃娃不像要睡觉，倒是一副盛装出门的样子，令所有睡前儿童都妒火中烧，当我对世界而言仍是突然闯入的小小陌客，你的睡前故事对我而言便是某种朦胧昏暗的仪式，使躁动不安的夜晚得以落实、获得解释，世界就像天光澄明、色水甜蜜的《尘世乐园》左爿——中爿和右爿都被你摘除、藏在未来，一旦时机成熟，无须我去寻找，它们自会联成一只嵌合体美凤蝶跂行而至，但《尘世乐园》不重要，美凤蝶不重要，重要的是你的睡前故事——它们都是盒装牛奶，人造因果律在盒子里咕唧唧地响，你一手往我的小脑瓜子灌，一手往自己的脑瓜子灌，幸福的家庭为什么幸福？不幸的家庭为什么不幸？为什么，为什么，问得就像尘世真的有果必有因，像你这样一个人：初中文凭，响应国家号召上山下乡，舒舒服服躺进事业单位，抄抄政策，看看报纸，相亲，结婚，用唯一一个名额赌回个倒霉女儿，输得彻底，唉，你上班，做饭，跑少年宫，开家长会，打麻将，斗地主，上班，做饭，斗地主，上班，做饭，突然有一天，痛苦、爱、人性、时代，这些你从未识得的大词一股脑砸向你，你终于看见它们了，因为它们终于弄疼了你，你试着使用它们，就像第一次自己吃饭的我摆弄勺子和米糊，"这是时代的悲剧，"你清清嗓子试着说，你偷用了一种不属于你的腔调，你的表现生涩极了，你本可能一辈子都用不上那些词的，那些防空洞词：埋在一百廿平米温馨小家地板底下，只要万事大吉就永远无须见光，菜篮和冰箱里的词汇足够应付你的小康日子了，"这是现代人的普遍困境，"你说，你初试啼声，"哪段婚姻没有危机？你看你大姑父，你小叔叔，你大舅，你看你爸的同事、我的同事，"你半卧沙发，腿上盖一张毛毯，说上了瘾，"这是现代婚姻的困境，"婴儿挥舞塑料勺，击打形质叵测的米糊，"家家有本难念的经，"在出租车后座，在羽毛球馆长凳，在皇冠形的煤气炉火上方、浴室门后、碗筷之间，你的大词像行星环无尽的尘埃不停盘旋，而我是沉重的木星（充血的眼球是双份大红斑），我的身份游码癫痫般摆动（标尺刻度值依次为知心小妹、辩友、导师、论敌、异端、魔鬼），所指完全取决于你理智和情感互搏的战果，而那又是何其瞬息万变啊，"瞬息万变是时代的车辙，"——你，因沉思而面色晦暗，擅长用皱眉、闭眼、摇头、噙泪表达异议的四十四岁心碎妇女，总爱用这发万能子弹结束对话，然后过不了十分钟，星际尘埃又再奉命旋动，恍如"时代的车轮"，恍如"五〇后的宿命"，夜里我和你睡在一起，我和你好久没有睡在一起了，我硬邦邦躺着，不敢动，和你发生肢体接触竟变得难以忍受，光是想象就难以忍受，还记得小时候吗，我们肉贴肉、滚作一团，我吊在爸爸身上，你负责计时，看爸爸花多少时间能把我甩下来，爸爸不过假装甩甩，其实根本没用力，我们咯咯咯咯发笑，从那刻起我就知道笑的拟声词可以是"咯咯咯咯"——一群挤在泥里打滚的小猪会发出的声音，小时候的肌肤相亲是很容易的，爱与被爱、控制与被控制的边界是很难划定的，变化发生在十一岁，十一岁，有一天，饭后散步时我突然不想再牵你们的手了，我的手从你们的手中挣脱，背去身后，现在我十八岁了，就连躺在你近侧也难以忍受，一股无助的滋味从乳头涌起、贯通全身，像潮湿电流，那股滋味不是首次来访亦非经常来访，算个稀客，戴黑檐帽，穿黑雨衣，我还记得它首次来访的情境：下雨了，我正走过一座桥，（那桥如今只横在记忆的追光灯下，我常感迷惑，桥下奔涌的界河水、偶尔经停的白鹭，都藏到哪里去了？）一滴雨打痛了我的胸脯，我低头看见濡湿衬衣的水迹，然后，第一次，一股混合着羞耻、寂寞和伤感的浪潮涌出，渗进我尚未苏醒的右乳，永远留在里面，很长一段时间我无法解释那股浪潮，它是世上所有悲伤果实的混合汁，鲜榨的，浓郁的，提醒我：喂！你这只脏兮兮的苦橙！又皱！又酸！有时它会向小腹以下施压，让那个区域也酸得皱起来，那是它特别强势的时候，它随心所欲地来——比如我的秘密情人亲吻我的身体时它就来过，我无法解释、接纳或预知，就把责任都推给那滴雨、那座桥，它们是命运布置好的陷阱，正如这个家是你布置好的陷阱，我情愿留在浓雾城做个孤儿，或者跟我的秘密情人私奔去热岛，唉让我实话实说，我从未真心尊重过你——我不敢向任何人承认也不指望有人能理解——刻进我骨髓深处的你的肖像画，是被爸爸扬起的手击倒的你，是对我绝望的求救背过脸去的你而那个我正在被同一只扬起的手击倒，其他时刻的你都是灰色，阴郁又笨拙，可有可无，你躺在黑暗里，仿佛不是在对我说，"要不是那个女人怀孕了，我可以原谅你爸的，你爸批准她生下来，看一看，是不是个儿子，"我不出声，你继续，"他想要儿子，他一直想要儿子，我生你的时候，他在产房外头听说是女孩，失望得

123

话都说不来。"你又在使坏了对吗，我就知道，你惯用这一套搞矛盾、博同情，"你奶奶也很失望，她一直说，我的女儿们多么多么争气，男孩一生一个准，可是争气有什么用，都是给外人争的，"你讲，渐渐起了极重的鼻音，"你奶奶也批准那个女人，批准她生下来看看。"知道啦，知道啦，我听得耳朵起茧啦，我的眼泪不想听了，翻过眼角跳下去，在枕头上摔得粉粉碎，你用什么东西捂着脸嗷嗷大哭，你肯定已经变红了，变成了矮子精，而我收获了一个泪水绞索，凉凉的，又圆又光滑，就套在我的脖子上，人是可以凭借一己之力造出一座无边苦海的，妈妈，你就是海女巫，站在海中央呕吐黑色液体，日夜扩充海的体积，我听你哭还不行么，你把意志和灵魂都哭完之后就昏昏沉沉滑入噩梦，换一个地方哭，噩梦的支架很牢，噩梦的薄膜被哭声划得破破烂烂的，支架仍是不倒，那种薄膜像是翼手目动物——你知道吗妈妈，翼手目底下只有十九科，全部可被称作"蝙蝠"——的翼膜，有弹性的，分布着结缔组织和暗色血管的，一度我支起半边身子，看你在破烂翼膜的覆盖下呻吟、喘息、挪动沉重的头颅，杀人或被杀，受害或复仇，而黎明是斜切入室的，像刀锋，从两片遮光窗帘之间探进来，在我和你中间混乱的褶皱上割出一道苍白伤口。

38

碍于面子，妈妈没有把她对时代的泣血追问带上海滨公路。我们正面色凝重地随车颠簸，赶往风暴山庄赴宴。这是继大姑父之后的第二波攻势，一场鸿门宴。我的一切阻拦手段（循循善诱、满地打滚、威逼利诱、人格羞辱）皆失效。于是我们就在这儿了：租来的金杯海狮，租来的司机，远道而来的姥姥、大舅、新舅妈、新表妹、一个新近离婚的表姨母，阴天，俯瞰黯淡海湾的盘山公路。

先是表妹吐了，然后是姥姥。在前面那个路肩上停一会儿？好耶。这块石碑上刻着"望海角"，那么就望望吧。海风吹开枞松之门，一片早春的、闹着小脾气的灰色海水趴在远处，像陈年破布徒劳地抖。姥姥感到好些了。新表妹呢？"不用管小孩子。"夹着尾巴做人的新舅妈说。我对山路、呕吐、海景或即将打响的战役毫不关心，因为我的小灵通短信箱正在被纷至沓来的爱之笺填满——爱之笺昨晚就开始纷至沓来了，芬芳的，满载爱意和歉意。"小矮獴，"重返人间的爱人写道，"你不知道这两个礼拜以来我经历了什么！"他编（辑）的每个字我都信了；我编了个借口从妈妈枕畔溜走（"妈咪，你连着好几个晚上打鼾。"）；我和他窸窸窸窣窣聊了个通宵——他的谎话，我的愚蠢；我只觉得人间再度有了光，春回大地，万事大吉。"今天天气不太好，"我在车里揿我的小灵通，"好像密室杀人电影开场。"不懈的爱人不懈地让我描述沿途风景，"对我讲讲，就像我也在场"；他认为那座海岬的芳名"风暴岬"挺动人，而那责任重大的山庄听着像个哥特梦。"热岛风和日丽，"他回复道，金杯海狮正经过第五片阴沉海湾，盘山公路消失又出现在海对面，"我待在家里看一本清朝小说。"十二点过十分，车子吱一声刹停，我们爬出来，呻吟着，占据了"老渔人餐厅"里一张大圆桌，吃到一半，一个想不起名姓的阿姨，右手高举，大喊着"建文——！"朝我们疾驰而来，又在看清我们一家老小的丧尸面色之后冻僵于原地。我们穿过一个滨海小镇，褪色的，泛腥味的，渔具店和水族店顽固地出现又出现，五年前爸爸带我光顾过其中一家，一斤活饵外加一整个泡在浅海里的黄昏，换来六条小得不能再小的沙甸鱼，爸爸让风暴的厨师把它们蒸了；还有一次，几个渔夫正在沙岸上收网，妈妈冲过去将蟹笼里的三点蟹一扫而空，仍是蒸着吃。我们紧贴海岬多齿的根部蠕行（姥姥又吐了两趟），一片急剧上升的杉林替换下海景，乌云压迫眼球，什么鸟在枝头嘶哑示警，路面抬升，林冠裂开，风暴岬陡然现身，长鼻被碎浪星星点点地凿，铺排在崖上的便是风暴山庄——鲭鱼色的，冷淡的，假洋鬼子钟楼领携低矮楼群被海风的大氅紧裹。

亲戚和行李堆放在大堂。妈妈办理入住。我在角落逗鹦鹉：一只雨伞巴丹，在杠子上左挪右挪，一条腿被锁链套住了。"我们入住了。"我汇报道，拉开连接海景露台的落地窗。一座背鳍岛漫不经心地泊在海平线上。表姨母扶姥姥落座躺椅，但姥姥马上提出要去露台"走走看看"。新舅妈已经把肉眼可见的茶包、糖包、咖啡包扫入囊中，正在翻箱倒柜地搜寻更多。新表妹奋力尖叫、来回弹射。当杨白马揭秘说他此刻坐在风暴岬某块冰凉礁石上、裤腿挽起、注意到背鳍岛尖顶背后的云层越变越稀薄足以让阳光渗出并漂金临近海域时，妈妈正提着篮子步入，问那傻孩子要不要一盒麦精味豆奶或别的什么；露台下方一顶敏锐的树冠开始欢快地晃；草坪上一只雀鸲撅起尾巴狂跳；小别墅外墙慢慢酿出阴影，描摹变形的窗台、拉长的屋檐和律动的树荫，先是淡若蛋清的一层，然后加深、加深再加深，终于成为那种坚硬牢固、诱发盛夏幻觉的巴洛克式花纹——我死死抓紧险些一飞冲天的小灵通，把它稳进裤兜。

"出太阳了，"密谋出逃者假惺惺宣布，逛来逛去，指尖结冰。妈妈走进浴室继续洗她的东西，"哦。"妈妈说，哗啦哗啦，哗啦哗啦，"待会儿怎么安排？"——

刺探，卑鄙的刺探，"等你奶奶他们到。""他们还要多久？""个把小时。"——彩虹色圆球炸开，把小坏蛋震晕了一秒，但事不宜迟，必须随机应变，"不出去走走？这么好的天气，突然就好了，"咬着嘴唇，期待着，"走什么走，是来玩的吗？""……我就在大门口逛逛，我想先跟爸爸讲几句话。"我在"先"字上面放了重音，而妈妈真的信了，探出头来："讲什么？"我立刻扮作敏感少女，做一个深明大义的表情："唉，就是一些父女间的话，你别问了。"

得到赦令之后我立刻收拾背包，四颗香梨，两盒什么奶，钱包，几包小脆饼，像要去郊游——"要不带上你表妹吧。"——又是妈妈；我一手提着背包开口，一手拿一把糖，僵在那里，"不方便，啧，你怎么就不懂呢，"我说，"我和爸爸需要一点空间……"妈妈没说话，缩回去，等我手忙脚乱滚到房门边上，妈妈突然递出一袋洗净的水果："给你爸带一点，还有你奶奶，注意安全。"

在走廊上没跑几步就和表妹撞个正脸，只怪长绒地毯太吸音！"表姐你去哪里？"骗子表姐苦脸答："去接我奶奶。"——别问！别要求！——傻孩子没说什么，像得到正确暗号的哨兵，放我过去了。

39

现在我——诈骗犯，叛徒，没良心的——抛弃了可怜的妈咪、天真的表妹、连连打嗝的姥姥、沉迷卫星电视的大舅夫妇、无所事事的表姨母，连跑带跳沿着"海滨步道"滚，背包乱颠，滚着，望见温柔燃烧的沙滩在低处闪动。我有多久没见他了？两个月零十八天。在这青苹果色的早春，他会打扮成一只树精吗？快乐的宝蓝色渔夫？光灿灿的星孩儿？抑或最宁静、最明亮的迷途海神？漫长、漫长的步道！我紧凑地看表（16：21，16：22，16：22，16：23……），我觉得自己已经在这破步道上狂奔了一个礼拜，我能看清被疏林半遮的沙滩、点缀其上的彩色圆点，是哪一颗？蓝的、棕的，还是黛青的？他能看见我，一颗红圆点，顺着步道一路翻滚吗？漫长、漫长的步道！

但总会有尽头的，一如我可憎的一生，一如眼前的红砖路（抛了个小弯、绕到枞松林背后），袒露在薄阴天空之下被银灰之海轻抚又轻抚的风暴岬终于辉煌登场、扩大至正常比例。淡淡的阳光在云后滑来滑去，背鳍岛仍泊在那里，若干间用途不明的小平房沿着沙滩一路撒向远方。我扔掉步道跳上一条细沙径（把一片香附、泽漆和节节草混生的袖珍丛林劈作两半），一脚深一脚浅地继续跋涉。沙灌进鞋里，风吹泪眼迷，这些都不打紧，因为那是他，那是他——就在距我不足三百米之处，站着，望向海角天涯；长长了的刘海迎风掀起，露出吁待亲吻的额头；脚踝以下浸在浪中，后者意乱情迷地扒拉他的裤腿，退缩又迎上；不远处有匹栗色马（某个收费项目的苦工）朝更远的地方奔跑，长尾和鬃毛以一种梦中的慢速飘动；空中横飞一顶三色降落伞，同样的慢，同样的迷茫；阳光呢？阳光，我记得，是这一幕的奇异底片——玫瑰色沁着温柔的绿、愁惨的蓝、雌性的酒醉的黄，梦游的云絮贴着海平线走钢丝，走啊，走啊，擦过我的闪光爱人，衬得他花瓣样的面庞如雾如露。三毫克生疏，三毫克手汗，脉搏每分钟一百四十跳，五公斤欢乐，轻微头痛，一分钟轻咬下唇的缄默和闪烁对视和淹没了这一分钟的失控之笑，之后——我冷热交替的额头贴上他的。我想省去会在这种场合冒个没完的肉麻话，诸如"你这个坏蛋""我不忍心你一个人受苦""你早就计划给我这个惊喜了吗""我希望一辈子给你惊喜"，之类。这是下午16：31，时间紧迫，箭在弦上。我们象征性地踏了几脚浪便带着满脚沙砾和同样稠密的爱欲小跑进枞松林深处。

没有你想象的那些事，没有。好吧也许有。我弄了一头的咸沙、小松枝和小松果，还有好些沙跑进嘴里被臼齿嚼得咯嘣响。他趁我低头系胸衣搭扣时塞过来一个坏消息："我明天就回热岛。"枞松迎着斜阳摇它们发丝般轻柔的针叶，为我们披戴摇曳不已的盐味面纱。我迅速看表（17：12）然后伏在他怀中大洒惜别之泪，"别走，"我哀求，"别那么快走。"我的五指纵队又开始颤巍巍地向他（刚刚整理妥当的）牛仔裤逼近，却立刻被他制伏，"天快黑了，再不走我担心没车，而且你爸他们——""在这里住一晚吧，"我用左膝压他进沙里，右膝也顺势跃进，不知怎的他的脸好像变白了，"这个酒店太贵，我没做预算……"他含糊不清地说，埋头抢夺裤门襟主权，合金扣子叮当乱响，"用我的，用我的，"我弃掉（久攻不下的）裤门襟，回头去进攻他的惨白口唇，空出来的手扯过背包一通摸索，我吻他刮得干干净净的下巴、沙粒调味的耳垂、沁着咸腥嫩似果肉的颈背，我用钱包顶住他（毛量怡人的）小腹，"用我的……用我的……"我气急败坏地呻吟，"留下来，小矮獴需要你。"他的舌头沉思了一秒，随即用力将我卷紧。远处山峦终于透析作半透明的浅蓝，一种肉粉色开始在山背后沉降、最终渗入沙滩。我俩扮演一对陌路人，一前一后踏上归途。那种奶奶或妈妈会突然出现的可能性使我兴奋得发抖。我每走几步就回头张望，假装拨弄头发、伸懒腰或遥望海上霞光；他双手插袋，脸上挂着意味深长的浅笑，啊他步履浪荡，他行走在诗上——在大堂也没有碰见任何熟人，可惜，我架着二郎腿窝在沙发里欣赏他斜倚柜台（用我的银行卡卡里存的是我妈的钱）登记入住——嗳，你，笑得花枝乱颤的前台姑娘，烦请自重。

妈妈正用右起第一张牌敲打右起第二张牌，其余三个位置上依次坐着奶奶、姥姥和大姑妈。新舅妈在某个卧室里给表妹念故事。其余的人围着电视机。"你怎么回事？！现在几点了？！"妈妈大叫，挑了一块白绿玩意扔出来。奶奶你们怎么就到了？我在大门等了半天没等到你们，哪个大门，酒店大门呀，啧，一定是没注意错过了，我摇头摆脑、连连叹气地在套间里乱转，爸爸呢？"你爸还要一会儿才到，"大姑妈说，"你饿了没？等你爸到了我们就去吃饭。"

哎呀我饿了。我已经很饿很饿了。

40

她很年轻，很瘦。她的窄肩、恰好染成鸡屎黄的中长发和高颧骨塌鼻梁让我刚刚开始的十八岁和已经结束的十一岁突然结成环圈。她腹部有一个隆起，她自己用手兜着。她站在那里，她的旁边站着爸爸——我的爸爸。

妈妈抓着牌。奶奶、姥姥和大姑妈不同程度地侧身、张嘴。电视机前的观众朋友下巴脱臼。一瞬间套房里只剩电视音响、隔壁墙的故事诵读以及天真烂漫的童声"啊""喔""为什么呀"。

奶奶、大舅、小姑姑是最先解冻的。然后是表姨母、大姑妈、小叔叔。大舅的拳头已经挥出去了，又被许多只手拦截住。许多只手纵横捭阖，清脆的皮肉撞击声在屋中回响，家具挪动声、女人尖叫声、鞋底刮擦声迅速加入，而所有这些嘈杂都被一声惨叫终结——人们只来得及看见一个窜进浴室的模糊背影，然后是摔门声，然后是上锁声，然后是闷闷的嚎哭声。表姨母和及时赶到的新舅妈立刻上前拍门，"建文！建文！"她们喊，其他人则重回早前岗位：大舅继续挥拳，那些手继续编来织去，皮肉继续噼啪发响，家具挪动声、女人尖叫声、鞋底刮擦声相继签到。姥姥仍坐在牌桌边，茫然地转动头颅。我飞快地揿完"我爸带情妇来了！"并按下发送才从椅子里跳起来去加入拍门小组，"妈妈！妈妈！"我喊，什么东西被砸碎了，新表妹哇哇大哭，奶奶反复大叫"是当我这个老娘死了吗"并表现得真的要死了（慢速躺倒，单手捶胸），才终于使这场小型暴乱平息下来。每个人都衣衫不整、头发蓬乱、面红耳赤。表姨母搬了张椅子坐在浴室门口以便更舒适地拍门，"建文啊，建文，"音量和频率都渐趋祥和。现在这些人就着组合沙发或站或坐，就连黄毛女人也捞到一个座位。我远远坐着，过了好一阵才意识到自己满脸是泪，此外还有一股力量迫使我紧闭双眼——类似于过山车向下俯冲时迫使你紧闭双眼的那股力量。

没什么好谈的。事实摆在眼前。我就是对不起高建文了，怎么地吧。她有了，是儿子，肚子是尖的，你们自己看，而且老想吃酸。

我突然发现脚边摆着一个机会，你难道看不见这个可遇不可求的大好机会吗？我默默丈量了背包和我之间的距离（我进门之后就把它撂在吧台上了，包里的东西原封未动）；我摸了摸裤兜（小灵通塞在里头鼓鼓的）；我酝酿情绪，我默念台词，我哗啦——这是来真的了，注意——一站，冲那帮人的方向猛然大喊"你太过分了！"，精准地抓起背包，十步并作五步，一拧门，一摔门，乌拉！我踩着长绒地毯飞奔并频频回顾，顶开迎面而来的第一扇防火门钻了进去。

杨白马住 B1021。那标间里有一张大床、一块竖在浴缸和大床之间的玻璃隔断、一个海景小露台。我们打去总台，叫来饭菜、啤酒。我们久别重逢、彻夜狂欢。

第二天上午十点多我睡眼惺忪地回去找妈妈，胸有成竹地演了一场戏。他们太担心我，我演得太好，值得劳神的事太多——因此我轻轻松松混了过去就不足为怪了。

八　耗子

41

　　我就"意气用事"做了深刻的自我批评；我也道了歉，承认再怎么"伤心失望"也不该扔下生我养我哺育我的妈咪。然后我走了，拖着半空行李箱，划过天穹，重返隐没于阴冷浓雾深处的三角形左端。就像时间倒行了一截——一个倒镜——厚重冬衣倒退上我的身体，绿荫倒退为光秃秃的冬枝，漆黑恨意倒退为褐色焦虑。草莓上市了。接着是本地樱桃。接着是穿正装的、严肃的仲春放映了前述倒镜的倒镜：妈妈"负责任地"致电告知，我同父异母的弟弟出生了。

　　"他们都叫我不要告诉你。"妈妈说，嗓门嘹亮得有点儿古怪。

　　"谁们？"

"你奶奶，你大姑妈，你小姑姑。但我觉得你应该知道知道。你自己说，他们对还是我对？"

弟弟。居然真的是弟弟呢。我送好弟弟宝宝一个乳名：耗子（*Rattus rattus*）。耗子用力挤开我的肋骨钻进去，躲在肺和肝之间一个难以名状的空间里，每天咬坏一些难以名状的东西。我装着耗子走来走去，我正在质变为椟子、盒子、奁子、匣子、筒子。我依旧在晚间七点至九点四十五分和其他并非容器的智人一起占满图书馆四楼（自然科学部）浅棕色的原木长桌，看巨型楼梯在光剑胁迫下笨重地屈膝，看走廊尽头的电梯门开开合合吞吐黑影。我依旧沿着昏暗过道（书页翻动、擤鼻子、闷咳和其他声音碎屑堆积在这里）迈向书架林立的图书馆之心（死人和活人的思想碎屑堆积在那里）；探寻之脸或犹豫之手静止在某两层书册之间，思忖着要不要将其中某册唤醒；轻点书脊的指尖；压低的视线；下沉的光与尘；这一切亦依旧如幽灵闪过了。九点四十五一到，依旧有流行乐放送，温柔地催促人们滚蛋。馆门口依旧贴满寻物启事：钱包。书。水壶。身份证。重酬。至高的敬意和感谢。也有过一张寻人的："寻女孩：昨晚你坐我对面，穿粉色毛衣和牛仔裤，围巾流苏和麻花辫一同垂在翻开的《高效能人士的七个习惯》上。是你吗？请跟我联系，手机：12345678910。"

我依旧同李黎在启事乱葬岗下碰头，慢悠悠步行到食堂吃一顿简单夜宵，穿过人工湖，或仅仅沿大路作无味的漫步。

错了。并不能说"依旧"——自打耗子从天而降就无旧可依了，只有全新的与自我（及耗子）共处的体验。有时我一下子跳出意识水面，想：自我还能可憎到这个地步。耗子每天都在体内乱挠乱咬、拱来拱去；被它擦碰过的区域渐渐长出又硬又密的耗子毛。我把这些感受告诉杨白马。只告诉了杨白马。我在描述这些感受的过程中好像可以短暂地逃离，因此我日益沉溺其中，把句子搞得又长又复杂。我恢复了夜间的走圈，握着我的小灵通。我慢慢走，慢慢说，把破铜烂铁似的定语、状语、补语往句子里塞，像一个汉堡大师，以堆砌摩天汉堡闻名；我的长句长到魔幻的地步，常常绕田径场走完两圈还在同一个句子里头。后来我发现纸和笔对这类长句更有利，就转行搞起纸汉堡。

"如果停下不写，"我不停地写，"耗子就会把气口堵死。它在里面越长越大了，它的尾巴经常伸进我的气管，再穿过我的鼻孔捅出去，我必须赶紧捂住口鼻免得被人看见。"笔尖与纸面的摩擦声填充了本应被恋人絮语填充的时间，唰—唰—唰，松烟不敌墨水，"我值得被爱吗？"一行掷入真空的清瘦小字。我的字似爸爸的字。可恨。这些形质：继承自爸爸的粗硬发质、平眉、厚耳垂、高鼻梁。猫脸、平胸、高挑身材和刻板表情则拜妈妈所赐。最好都铲掉，用一把油漆刀。只留下跟他俩都不像的单眼皮。我又跑进电话里问："我值得被爱吗？"最后我需要杨白马反复地、变着花样地，乃至当面地回答这个问题以确认自己仍有被爱的价值。

同类问题妈妈也开始问，手从听筒里伸出来揪着我的耳朵问："活到这个岁数，老天给我这个，有意思吗？有什么意思？"我通常塞一句"是没什么意思"就算完事。我还（被迫）女承父业，成为妈妈侦探病的第二任牺牲品，每天都有一份"你在干什么？你明天干什么？你从哪里来？你到哪里去？"套餐扔给我供我反复作答。

举例来说，当我简短回答"正在图书馆复习"的时候，我大概率没在图书馆复习，而是拎一个包（里头有够用三天的换洗衣物和日用品），正准备登上飞机，机票是妈妈在毫不知情的情况下替我买的；现在我和爸爸一样坏了，只有那么一丁点不一样：一个是爱情，一个是奸情——也可能在妈妈看来都是奸情。我不再考虑这些问题，因为杨白马已然出现在接机口，英俊，光明，手握一支皱巴巴的向日葵。为了这一分钟，为了我发抖的手能窝进他手心合成一轮满月的这一分钟，以及蜷缩在稍远处、如摇摇马般震个不停的四千三百二十分钟，我愿意撒谎、撒谎再撒谎，掏（妈妈的）钱、掏（妈妈的）钱再掏（妈妈的）钱。

出租车司机青茸茸的后脑勺。一架摩天轮出现在窗外，其上彩灯醉眼般开闭开。它过去了。手垂在皮椅上，握在一起。我们愈发靠近热岛多褶的腹部，后者高举冷却的头颅，长尾和脚爪则被霓虹之湖浸泡。空出来的手摩挲裙摆花边：纱质的背叛之歌。一阵持续的明暗交接掠过他的睫毛。车厢已经燥热如烤炉。银勺在通往甜点的路上熔化作银水。我飞快且反复地想象即将在午夜边缘上演的事，那堆滚烫画面总以哆了哆嗦滚下意识悬崖的形式告一段落。摸摸那支向日葵。摸摸它喘息连连的舌状花，助它们散热。

"你寄的《白雪公主后传》，"他和我都相当熟悉的那条牛仔裤正在被他的膝盖顶紧，我的胸腔正在被我的心脏顶紧，"夹了两张机票，一张是你的名字，另一张——可能是——陈青青？陈晴晴？今年二月二日四点二十，热岛飞葫芦岛。"也许沉默的时间比正常更长，可我根本没工夫在意，光是我俩掌心输出的热量、湿液和暗涌已经足够让我心神摇曳。"陈庆庆，"他颠来倒去地捏我的手，终于说，"我表弟，我们一大家子去葫芦岛玩，座位不够了，我和他走另一班机。"

"哦。书和票我都带了，待会儿就还你。"

"票没用，扔了罢。"

出租车司机是个好玩职业，因为每天都能偷听趣闻。有一阵杨白马想找份私家侦探之类的工作。现在他端盘子，老一套。继续忍耐十来分钟之后我们到了。一片拉长的树影轻撩小区大门，往里是愈发狷獗的影子迷城，"香樟，石楠，桂花，广玉兰。"我一一指认，偷偷跳过认不出的那些。一堵老围墙在暗处复制我们的脚步声。屋门关上了。砰。我的心肝也这样颤了一下。

先是访客试探了那口假正经座钟，接着两场敷衍了事的淋浴让浴室水汽氤氲。我一边用毛巾揉搓湿发一边强装性感（偏着脑袋咬着嘴唇，新买的情趣睡衣太过老气），他点燃了五支胖胖的、用过的蜡烛，然后，然后，好似灵药，好似魔法，我要说什么来着？——不道德的夜间游戏驱逐了不道德的耗子，驱逐了爸爸驱逐了妈妈，也驱逐了盘旋不去的疑问（"蜡烛为什么是用过的？"）——我骑乘乳白鲸群驶向天涯海角，看，阿瓦隆正朝我们漂来，岛上遍生天蓝和鲜黄的鸢尾（西伯利亚鸢尾和黄花鸢尾，我猜），黄金废墟在稠如浓雾的花海间若隐若现，再见吧世界，我仍记得那阵芬芳的晕眩，那条炽热轻盈的天梯（你记得瓦迪斯瓦夫·波德科温斯基著名的情色大作吗？雪白少女搂紧口吐白沫、白眼乱翻的黑马——被血上头的画家本人用刀划烂了），后来那帮套白大褂的人告诉我那是催产素及促乳素疯狂释放、盆骨区肌肉收缩、大脑情感中心停止运转、生存本能让位给死亡本能或别的什么鬼东西，但对我而言那就是阿瓦隆，是苍白海浪托起的金色瞬间，是涌现于世界废墟之上的极乐仙境，它照亮后来的荒野，提醒我曾经快乐过——它提炼的快乐有多纯净、辉煌，它投下的阴影就有多嶙峋、灰暗。

42

　　早起的绿骑士收拾了岛屿边缘的糖纸、果冻壳和汽水罐。访客在被窝里睁眼，看见漆器般亮晶晶的麻雀在天井里追啄影子。"你再躺一下，"绿骑士说，套上级满露珠的苔衣，"我去弄点吃的。"麦乳精的香味游进来，窗帘荡它的桨，一叠书最顶上的那本摇晃着背鳍。想四处观光吗？我们有人道主义广场、新古典主义建筑群、滔滔江水、第二好的博物馆。——不要，不想。——那也得去一趟超市，最多一个钟头，好为未来两天的穴居生活准备些补给品。——我们不情愿地暂离小岛，乘一条不可见的黑船。我垂涎碳酸饮料、棉花糖和黄桃罐头——都落入了购物车。还有青瓜、冻肉、潮乎乎的手心、意料之外的陈阿姨。"哦哟君君，"陈阿姨眼眉乱挑，激活了杨白马的小名，"又调女朋友啦？"女朋友问陈阿姨好，君君则得体地推着女朋友和小车滑出陈阿姨的势力范围，"下趟帮妈妈一道到阿姨屋里厢来——"五彩缤纷的蔬果区，冰冷腥臭的水产区，"又调女朋友是什么意思啊？"我盯着冰上陈列的死鱼，问出口，"老邻居，不知道多少年没见了，她搞不清楚的。"我的脸一度和冰柜一样冷，并非真的动气，只觉必须做做样子——他一路辩解，进入西点区后我识趣地拨云见日。他挑蛋糕时尽量不惊醒它们（也这样对待我身体的某些部位）。奶油蛋糕：发展食用之外的其他用途。越来越沉的车轮吱吱欢叫。像一对灌满糖水的新婚夫妇，同其他夫妇擦肩而过。其间妈妈打来电话，我捂着话筒支吾以对，"临时加了节课，"我张嘴就来，"不方便说话，得挂了。"妈妈痛苦的呻吟在我心头罩了五秒就被乳品区冷气吹散了。冰激凌，我们需要你。盒装骆驼奶，老老实实苦等你的有缘人吧。下一幕是厨子杨白马，穿性感竖条纹宽松睡裤，切一根茄子。我从后面对他的紧致腰身、温热小腹毛手毛脚。我们（又一次）滚倒在床时茄子还没切完。光阴飞逝如白马过隙。转眼天又黑了。一丝不挂、饥肠辘辘的杨白马连声求饶。

在那幅由混合材质杂糅而成的、象征我俩秘密生活的小尺寸编织画中，我不否认，性爱主题占了极大比重。廉价多彩的毛料为该主题代言，它们泛滥成灾、乱七八糟，不讲道理而且扎手；你也不能否认会有偶然的真心、意外的深情闪烁其间——蚕丝、手工蕾丝、天鹅绒细带和天然珍珠，可是啊，并未增加美感，只是徒添诡异，让人想起威廉·布莱克毛茸茸的《尼布甲尼撒》。富含道德成分的时刻在红晕冷却、震颤平息的憩潮期降临，那里的黑暗近乎亲情，似羽绒将我们覆盖；那里是墨字宇宙被炼金术士点化的一滴金液，摇摇欲坠，光芒万丈；那里我诉说，他倾听，诉说与倾听有血管和肌肤的包裹，有眼睛注视，有柔软似花蕾的口唇的抚慰……你来告诉我那是不是爱！

　　我们并排躺在一起。有时就是很冷静地躺着，轻轻贴着或不贴着。有时像两把叠起来的勺子。有时一个做另一个的蒲团。我们聊耗子，聊它如何把我当作走廊和广场乱窜。我们聊那个黄毛女人，她跟我一般大，中专毕业之后到处鬼混，做了专抢男人的马贼，我妈则是倒霉农民，"不要逼脸的女强盗，"倒霉农民狠狠咒骂。我们聊在南极埋了十七年的 LC-130 飞机、釜山空难。我们聊吹尺八的僧侣和博尔赫斯的黄金老虎好像他们真的和我们有关系。我们聊我妈让人摸不着头脑的行为，比如她老说自己胃部有硬块，一直在电话里咒骂那个检查不出任何问题的医院，再比如她开始在凌晨给我打电话，抱怨失眠、楼上（楼上是封闭式花园）脚步声和僵硬发麻的下肢。我们抚摸彼此不再真实的肉身并忘了我们正在抚摸。一颗水珠重重地摔进水斗。我重重地摔进床褥。比莉·好乐迪的嗓音刮伤了墙壁。我们聊经纬仪和高脚杯、坩埚和木头车轮、我熟悉的幻梦和我不熟悉的人间。唯独没有聊他，也没有聊未来。仿佛我们早有预感、心照不宣：他和未来，我皆将失去。

关于那趟三天三夜景致单调的阿瓦隆之旅再没什么可说的了，除了"一件小事"：最后一晚的九点四十分，他接完"朋友急电"宣布要"出门一趟"，"一个小时之内就能回来，"他边提裤子边说，眼睛盯着镜子，不停观察自己的四十五度侧脸。半裸的宁芙先是镇定地点头，又在房门咔嗒阖上后一跃而起，扑向那个觊觎已久的上锁抽屉。抽屉里并没有什么不伦日记，我也并未死于车祸像慈母黑兹；只有一堆成分复杂、似被临时拆迁至此的杂物。我重操旧业——你一定还记得鞋盒，记得我多么擅长寻宝和还原现场——我怀着考古学者的激情开采了整个屉子，我观察那些东西如同谢默思·希尼观察他的酸沼伙计：一本手写诗集，充斥着豹变的女体（糟糕兼肉麻，老实讲）；一叠燕尾夹夹好的发票收据，出租车、便利店、"微风花艺"、"小松鼠干洗"；两把

（缠了少量长发丝的）滚梳；一件绛紫色钢圈蕾丝胸罩，我永远不会选择的款式；几张从什么地方剪下来的席勒人像画；一瓶余下三分之一的"情缘女士"（我没忍住，冲着空气按了两下喷嘴：茉莉、雪松、香荚兰）。我对着那个挖掘场沉思三分钟，心脏被一把捏紧的同时也实实在在品到了骤集于舌苔的苦涩。很奇怪地，我突然迷信只有散步才能缓解这股陌生的不适。还原抽屉只花了五分钟。我带上小灵通，带上门，没有钥匙可带，惨淡的白皮英桐和它们无声的黑影沿街站着，锥形灯光一顶一顶撑开，街道安详，猫在车底钻来钻去，我第一次，但绝不是最后一次，想要杀人。

　　是啊，是啊，客观地讲那是一个美好夜晚，沁着暮春的清凉，兼得初夏的馨香。我，十八岁半的猫脸少女，身形修长，秘密的蓓蕾初放，于静夜独步……那个念头起来了，像是有人往我不自觉握拳的手里塞了一把刀子并喁喁低语：你是很可以也很应该用一用这把刀子的。我感受到它贴满老胶布的刀柄，是爷爷爱用的筋骨贴胶布；它是称手的、诱人的；它强烈央求去往某个温热的胸腔，一头扎进那个胸腔，扎进历历在目的血海、高压水管般乱喷的血管、橘红的肌肉与灰白的筋膜；它在我手心跳动，软中带硬，硬中带软。然后我看见杨白马在路尽处出现，他也终于看见我了（显得惊讶），问我怎么会在这里（显得关切），又抱住我因痛哭而抽搐的身体一下一下拍我后背（又惊讶又关切）。抽屉的事我只字未提。我解释说"我想妈妈了她一个人面对那些坏事好可怜"。我们彼此搀扶着回到阿瓦隆，仙雾散尽，只有我看见摩根勒菲在暗处展露她既是荡妇又是复仇者的邪恶真面……他吻了我，我吻了他，唉，结局总是相似：唯彻骨疲惫方能送我入睡眠之国——死亡的镜像、仿冒的归墟、日租的安魂所。

43

假如你追问下去，我很快就会吐露另一件"一件小事"。不同于和我的旅伴兼导游探索感官迷城的其他时刻，在得知抽屉秘密的当晚，我闯入了连杨白马也从未涉足的全新境域：一台直通极乐的厢式投币电梯，孤零零地、高傲地立于杳无人迹的荒野，四周积雪平整如新，半枚鸟爪印都不沾；投币口上赫然印着：痛苦。精彩啊精彩，梯顶海拔之高使我窒息。我的热忱带动他、激发他，他再反过来造福于我，简直无异于汁液四溅的水动力永动机了。其后的日日夜夜，即便我的旅伴不是他、不再是他，我仍一次又一次摸到那电梯门前如巴甫洛夫的狗，但——令人苦恼的是——痛苦币常常告罄，不是风化了就是稀释了。我沦为伪币制造者，沦为西西弗斯式园丁：不懈地搜刮更多痛苦以喂养电梯不断扩张的根系。

天亮之后，尽管他用繁文缛节公司[1]出品的"宝石小火车"诱惑我，尽管我确实被绿绒毯地面、宝石碎屑、金币星辰以及提示栏里持续更换的橄榄石、蛋白石、海蓝宝石、黄玉、电气石、黝帘石……迷住了一小会儿，我要说，沙漏中仅剩的一小撮沙还是成了情欲的贡品。微微透光的窗帘像瘀青眼皮，佩戴阴影和困意的眼皮，死者的眼皮；松青色大腿被汁液和迷雾击退又击退；皮肤缝成的星体中央一抹光散失了；冲湿床褥的大河掺着腥甜的酸味，载走了我们的脸和骨骼——真正载走我的则是一只合金巨鸟。杨白马站在"送客止步"标牌边向我轻轻挥手。那只手一直挥着，直到生活费再次到账、不可救药的欲望再次怂恿我去拥抱同样的三天，它才跟另一幕挥手画面重叠起来，彼此加深。

1　Mumbo Jumbo, LLC，为个人电脑、游戏机和移动设备开发游戏的独立开发商，2001 年创立于美国。

　　小孩盯着鱼头嘬妈妈。白惨惨的鱼头把妈妈的嘴嘬得长长的，把妈妈的脸蛋嘬得凹进去，把妈妈的眼珠嘬得凸出来。鱼头嘬出叽叽啾啾的亲嘴声。终于，鱼头放开妈妈，倒进鱼骨头堆睡大觉。

　　妈妈洗碗。小孩玩洗洁精泡沫。妈妈说："你看见没？刚才奶奶没有帮你盛鸡汤，只帮家明和佑恩盛了。"洗洁精泡沫真像白云呀，在指缝间荡来荡去，"要是妈妈不去盛，不要甩肥皂泡怎么那么讨厌！你今天就喝不上汤了。"小孩说："本来上我就不爱喝鸡汤。"妈妈说："傻女，你奶奶一直偏心你不知道啊？"小孩玩洗洁精泡沫。妈妈说："你奶奶喜欢孙子，不喜欢孙女，"妈妈甩筷子，水珠溅在小孩脸上，小孩笑了一下，"你奶奶也不喜欢妈妈，因为妈妈没有替她生个孙子。"小孩说："那我也不喜欢奶奶了！"妈妈说："嗨呀，可惜你不争气呀。"

　　妈妈把亮晶晶的碗碟排在不锈钢架上沥干。小孩走出去，和趴在地上的表哥、表弟一起玩小汽车。

45

通常，一个我们时代的普通姑娘，习惯用以下任一方式缓解病变之爱引发的剧痛：一、打扮得漂漂亮亮的公然买醉；二、找一处幽闭所在，套一件负心人衬衣在心碎情歌帮衬下舔舐伤口或 DIY 新伤口。没有人知道她们事后是不是舒服点了。这很没劲，所以我不这么干。我是怎么干的呢？我可以在吱吱发响的上铺竟日仰躺，两腿沿着墙壁撑上去，撑上去，蹭了一脚跟白墙粉，就那样蹬直腿，歪着脖子看窗外木芙蓉晃动，听剪草机在某个方位突突作业。这是我发明的消遣术之一。它旁边挨着另一种消遣术，较好的消遣术：一幅接一幅地临摹《风景园林快速设计与表现》里的彩色插画。或，收集中世纪风玫瑰——在〇二年黑色的十一月之前我已经收集到鸢尾纹指针式、饼图式、指南针式若干套。我试图绘制〇一年的伊甸园（假设它真的位于哥贝克力山丘）风玫瑰但失败了。有一阵我沉迷古代园林，素描本里涌现了古埃及园圃、古希腊庭院、枯山水、柱式八种并岛姿诸样；翻过几页你会发现马的残肢断腿取代了残垣断壁，一摊摊用彩色墨水涂抹的"名驹毛色"离了附注小字（"帕洛米诺色""亮骝色""蓝花色""星形斑"）就形同污渍；一头新疆细毛羊混在常见园艺害虫堆里；这件东西叫"涡卷形琴头"，那件东西叫"排须"；星盘；贯穿《西庇阿之梦》的银河；月亮脚踩幸运之轮，巨蟹与潮汐被她夹于腿间；夜曲、夜行和夜间定时仪；拥有"临海夏季餐厅""冬季餐厅"和炼金术实验室的汶岛天堡平面图以及它优雅姊妹星堡的局部素描……我开始临摹百科全书插图，只为加快耗尽墨水和时间。时间第一次出落得如此面目可憎，它太多、太多了！到处乱爬就像闹蟑螂。上述伎俩不过是隔靴搔痒、坐以待毙，真正送来曙光的是一张野外实习申请表。

离浓雾城不远的一座"神山"被安排为实习目的地：中亚热带山地气候，原生林，孑遗种宝库，特有种乐园。我们已知一场大型认种考试将在这趟学术郊游的终点恭候，还是义无反顾提交了申请。寝室窄窄的过道里摊满了我们的行李箱包、我们的"博物学徒家当"——形似豆腐模具的标本夹啦，用于吸引夜行昆虫的白被单啦，便携式爬虫盒啦，简易展翅板啦，多多益善的拉链保鲜袋啦，厚若砖头的鸟类图鉴啦——当然也少不了望远镜、相机、防虫喷雾、应急灯、捕蝶网、帘帽、刷子镊子钳子……李黎执意揣上新买的鸟哨。只有赵静没报名，理由是"怕虫子"。

两辆大巴把叽叽喳喳的我们运往密林。我在车厢内提前寻获了意料之外的美丽物种：一个四年级师兄，大概率不是汉族，有匀称肩膀和紧致小腿，性感得像匹普氏野马。我忽略了于山脚奔涌的清冽激流、于山腰翻滚的怡人湿雾，忽略了大明松、长苞铁杉、领春木和更多前所未见的裸子植物，还有"中国紫薇王"（好不容易从唐朝活到现在）、石松地衣的迷梦、蛙鸣、杨白马的来电以及李黎意味深长的眼神，把主要精力投入到博学多闻的师兄身上——我脑门上粘着一片汗浸的花瓣，他的手背划破了，下午的日光挂于树梢，湿泥和恐怖蚁群轻微地败了兴。一只死鸟，雪白的胸骨暴露出来，羽毛散乱，即将被食腐生物分解成软绵绵的小地毯。我们赶在天黑前归队，下榻某间装饰成山民之家的绿林客店，窗户就是一幅三十乘二十厘米挂画：勃克林式，受苦受难的流泪树人列队天涯。晚餐时间：叽叽喳喳的博物学徒们享用了好些山货，野山菌啦，蕨菜啦，蛹啦。夜间实习任务紧锣密鼓地接上——大部队出发去寻找蛾类和某种小型鸮了，我和师兄则紧锣密鼓地开小差——就是老一套吧，在如梦翕动的林苑深处，在星光消沉、夜雾低语的时刻，我们像两只误入猪笼草的小飞虫，一不留神就被湿液浸没了。小灵通又响了一阵。应急灯歪倒在蕾丝般的蕨丛中，光束直插夜空。蚊虫袭击我们裸露的皮肉。我抽空观察那张上下移动、憋得红红的陌生的脸：陌生引起了一瞬不适，但不适很快变形为好奇、期待或别的什么正向情绪。夜神和树液的清香；一只鸟儿在梦中发出轻笑；陌生人热乎乎的鼻息；风把感觉都聚拢起来，又使它们疲软地倒下……直到一阵噼噼啪啪的树枝断裂声突然拱进周近林薮，我们才手忙脚乱地挣扎起身，灭灯的灭灯，提裤的提裤，总算赶得及摆出一副"天呐我们发现了一棵重唇石斛！"的样子，等那帮慢吞吞的家伙（三号小队，包括两个同系同学、一个环设系同学和三个生物系同学）抵达并看见。

你会如何看待这种……即兴行为？它再次发生、多次发生、不断发生，终于从圣诞礼物晋级（而非降格）为家常便饭。对我而言，野外环境确实是具有奇效的唤起媒介；有人把这种情况归入"性反常"的"恋物"项，我倒认为这种思路过分老派了。对男性的宽松态度也不能用"收集癖"简单概括——我知道什么是真正的"收集癖"，我深知自己对植物的收集癖更甚——我更愿意将它视作一种自我调节，一种应激反应：假如你的伴侣撒谎成性、搞七捻三，背着你同时和数量未知的异性深度交往，你要做的不该是大吵大闹兴师问罪，那太粗鲁；也不该是收拾心情抽身离开，那太消极；你要做的是自我调节——积极地、即兴地，找寄托。这将极大程度减轻对方的负担或罪恶感，也将极大程度地为双方节省时间精力以享受尘世欢愉。谁不爱阿瓦隆？无风之岛，极乐之岛，纯白的光明，颤动的寂静，灵魂安栖之地；不同于男性旅人的体验，岛屿之旅使我盈满（而非空虚）。我在即兴行为中顿悟：通往阿瓦隆之路千千条，不是非得骑着白马才能抵达。你看，我虽来自暴力之家，实则是美与和平的崇拜者。

我的认种考试不及格。师兄倒是及格了，我不知道他是如何办到的。回程车厢里李黎从我旁边本属于她的座位上走了开去——事实上，李黎正是在那次野外实习之后同我断交。然后是孟小婉。然后是赵静。

46

有几次我跑到师兄租的小单间去。那房间又脏又乱，遑论美感。我曾逼视那堵布满黄褐色污渍的墙壁，冥思苦想"艺术的肮脏"和"真实的肮脏"之异同。我和师兄机械单调的关系在我（又一次）造访热岛的前一晚就结束了。我起飞，我降落，我兴高采烈地搜集杨白马的新罪证，铸造一袋又一袋崭新的痛苦币。我又起飞，我又降落。我又交了一个快乐伙伴并学了几句朝鲜语。我在旅馆房间接妈妈的电话，"你太矫情、太脆弱。"我直截了当地点评。杨白马寄来的小礼物堆在宿舍桌位上，桌面已经积起一层灰——十二寸植绒镖靶和六支闪闪发光的飞镖；四十二色铁盒彩铅；斜纹魔杖，顶端装饰着雏菊、熊脸、柠檬和星辰，浸在热水里一搅就能造出苹果味、香蕉味和橙子味的色素汤；羽毛球拍一副，羽毛球一筒；小型手电，在强制断电的午夜分外实用（我一直兢兢业业扮演那个立在漆黑楼道接听爱侣电话的女学生）——据此大约可以判断，他对我的快乐伙伴们一无所知，我在他心中还是那个幼稚、天真、好打发的傻子。谢天谢地。

有时我望着达利的画发愣。画里那些软趴趴的东西精准地摹拟了我心里某些软趴趴的东西，到底是什么东西我说不上来。从我身上涌出非常、非常多的梦。我开始记梦。是的，就是从那时（〇二年秋天）起，现实世界明显地从日记本撤退——大撤退，大逃亡；取而代之的是梦境，是无根的、鬼魂般漂泊的妄语。我加入了一个只在魔市活动的记梦小组，和其中一名（恰好生活在浓雾城的）成员躺在一起做过几次梦。至于信——我早就不写信了。既不写，也不回。很难说那是不是一段好时光。它无疑是快乐的，甚至称得上是狂欢节般的；它有一种静谧气质：静谧而且纷乱，丰富，应接不暇。我被那片缤纷的静谧安抚，安抚得又聋又瞎，我快乐、轻盈。我没有负担，因为我犯不着听，也犯不着看。我问他们每一个：我可爱吗？其实我是想问：我配得到爱吗？他们大都气喘吁吁、火急火燎地答"可爱可爱可爱可爱"。他们根本不懂。

"我可爱吗？"我问杨白马。

那是些晴朗下午。我们彼此靠着，我们是静止的，那很难得。他漫不经心扫视书页。他询问妈妈的近况。她有好转吗？嗳，没有呀。然后我开始让某件往事起死回生。那么多年过去了，他仍是那些回忆的唯一听众。我可爱吗？他很慢地笑了。有时他抓住我的手腕说："糖不能这么吃。你不准再吃了。"这样的警告使得时光突然倒流，或像是从未前进过。他曾吻我的膝头如舔碟中牛奶。"你爸近况如何？""没有近况，"懒散地滚着，"我不知道，没有近况，没有联系。大概在替儿子取名字——张梨儿？张桃儿？大哥，你真是我们全家的好朋友。"有时我说："那些破事只给我留下一颗痣那么小的阴影。"然后指给他看右腿内侧的那颗痣。有时我在他旁边做噩梦。有时我宣布："我是绝不会出席他的追悼会的！"他赶紧捂住我的嘴。他说（只说过一次）他期待看见我变成一个孕妇，柔软的孕妇裙裹着一个隆起的春天，温顺地陷于椅中——还没说完就被我毒液四溅的诅咒打断了。"我爱你静待一个即将抵达的吻时，"他出门买菜，留给我一张写满字的小卡纸，"面庞被白色的专注笼罩，眼睑低垂至足以引发怜悯的高度；你焕发一种娴静的光泽：娴静是一双珍珠耳坠，衔住你的耳垂。"他和我一起接待我的"暗红色朋友"[1]，将卫生巾称作"小床垫"（"让暗红色朋友睡个好觉"）。我们在渤海海滨邂逅了清淡的快乐：我爱溶入雾中的忧郁栈桥以及橙色屋顶和蔚蓝海面的童话式并列，同时对海水质量吹毛求疵："你看它好像太咸、太硬、太冷淡。"首次以泳装扮相粉墨登场的我。"上岸之后围条浴巾吧。"突然变得保守的他。他轻托我的小腹，向我传授漂浮的窍门，而我划开去，把头塞进水底，"算了算了，我永远只能当潜水艇。"夕阳照看我们。或者没有夕阳，只有一场又一场降雨，他一手撑伞，一手搂我的肩：我总是全干，他总是半湿。

我们拥有过这些。我拥有过这些。你们称之为"爱"。我所不配拥有的。

47

国庆黄金周最后一天我扇了杨白马一记耳光。他往东走，我跳上一辆出租车。那是我们最后一次见面。

---

1 鲁羊。

九　小孩

48

二〇〇二年十一月六日下午两点三十分，小吴叔叔开始念悼词："今天，我们怀着无比沉痛的心情悼念高建文同志。我代表我局对高建文同志的不幸逝世表示深切哀悼，对高建文同志的家属表示亲切慰问，节哀顺变。"

鞠躬。

小吴叔叔现在是吴副局长了，高建文同志，一九五八年出生于广东省陆丰市，四岁支持父母革命工作调动至省城，完成了小学、初中学业，十几年前我走路去妈妈单位午休，总在食堂见到他拿两个铝饭盒装饭菜，那时他三十不到，身材袖珍，秃肉头又软又亮，像是下一秒就要钻进森林采蘑菇，一九七五年九月高建文同志积极响应国家号召赴流溪林场上山下乡，七七年十二月回城，成为省城汽车修理厂一名兢兢业业的车床工人，一九八〇年高建文又一次响应时代号召，投身咸水城建设大潮，成为我局一名敬业爱岗的人民公仆，死像是从天而降的一口洪钟——不是敲响的，是摔响的——吓了所有人一跳，使他们彷徨四顾、高声追问，"为什么？"他们追问，为什么这样，为什么那样，一九八三年继承先烈的遗志接过父辈的火把，光荣加入中国共产党，因工作出色、积极上进，多次被评为优秀公务员，一九九四年荣获干部职称，翻页，高建文同志的一生是爱党爱国、勤勤恳恳的一生，她团结同志、以身作则，死发生了，但它一定不是发生在此刻，它是发生在此前的一年、两年、十年、三十年，它发生在死者诞生之初，发生在死者生身父母光滑的血管跳动的睾丸灰粉色的卵巢深处，它休眠、苏醒、成熟，长成柔软的隐头果——肉囊状的，爬满共生生物的，受到领导、同志、朋友、家人的一致好评，这样一位党和人民的好女儿，不幸于二〇〇二年十月二十九日永远离开了我们，英年早逝，天地同悲！棺材黑得发亮，内衬一层白得发亮的化纤布，我能看见她指向天花板的僵白的鼻尖、僵白的百合（橙黄色花药，大概率是喇叭花组的 *Lilium longiflorum*[1]），杜鹃泣血，百灵哀鸣，晴空一声霹雳，噩耗猛然当头，从此以后，家里失去了一位好女儿、好母亲，社会失去了一名好公仆，我局失去了一位好同志，青山不语，流水呜咽，这个小厅八十八平米，租一租八百六十块（每小时），不明白为什么还要六啊八地拿彩头，"基本配置"——礼厅租赁介绍页上印着的——包括遗像框架、固定横幅直幅、背景饰墙、话筒、挽联架、饮水器及饮用水、茶杯、金属椅、发言台、签到台、绢花围花、遗体殡殓罩、影音播放设备、投影设备，还有"休息室"呢，高建文同志带着对亲人、同事的不舍，永远离开了我们，他们把她的一张影楼照放大成遗照，三十三岁的她正望穿朦胧的玫瑰色柔光对我微笑，那是她罕见的带妆时刻，那是一个不再存在的人不再存在的盛年，我听说有人替自己已逝的母亲在魔市置办了墓地，于是那位母亲得以数据的形式永存，一鞠躬，我的右鞋尖上有一道划痕，二鞠躬，三鞠躬，小吴叔叔塞好稿纸下去了，领哭的人机敏地掀起新的悲鸣之潮。

五天前他们在我家客厅开会。追悼会该在哪个城市办？他们开始数人头：省城有她的娘家人，有她

---

1 麝香百合。

二十二岁以前的朋友；咸水城有她的（前）婆家人，有她二十二岁以后的朋友。上官阿姨帮着一起数。是上官阿姨发现她的。上官阿姨立刻拨了两通电话：一通给爸爸，一通给我。爸爸的号码上官阿姨一直有，我的号码——妈妈写在遗书上了。灵车、丧服、花圈、寿衣、火化棺、骨灰盒、解秽酒酒楼选一选，单殓房要不要？围在一起叠元宝。沾了满手金粉。张新国非要包办，塞了几次钱，算他还有一点人性。那么张新国要不要请？（前）亲家要不要请？他们说姥姥接到消息身体摇晃两下就昏了过去。他们发给我一块粗麻布、一根粗麻带、一个黑袖章。袖章上的线头越扯越有，后来我不敢再扯，用剪刀剪齐算数。

49

能到的全到了，黑压压地从我眼前过，碰我的手，好像我是个门环。散得也快。浓酽酽的黑色散进人海稀释得什么都不剩。大姑妈小姑姑抱着我哭。佑恩弟弟大哭。家明哥哥发红的眼眶很干。我和他俩好久没见了。我和好些人、大部分人都好久没见了。他们长大的长大，变老的变老，一个个形状陌生地从我眼前过，仿佛某种大结局。人人都当面可怜我、背过头骂我。爸爸拿走了房产证，允许我在凶宅里免费住到嫁人。

起先我请了一个月假，后来又补交一学期休学申请。我一个人坐在屋里。那些来哭的、来嘘寒问暖的、来讨价还价的人都散尽之后，她又冒了出来，在楼梯上踩出轻响，在厨房开关碗柜。我坐在那里。她弄出的动静像绵绵细雨落在我身上。

我想她吗？想的。我的小学班主任夜夜在梦里巡逻，盯着我一遍遍默写她的遗书。

50

魏对我的人生观很感兴趣。那是非典之后第一个冬天，我情绪不太稳定，频繁梦见水母、窗帘和灌丛。我一直待在咸水城，不接辅导员的电话，也不回教务处的邮件，校方长达半年的自言自语终于以一份开除学籍公示书告终。我有什么所谓？妈妈留了许多钱，够多了，股票、保险、银行存款，为了把这些钱都弄出来我不得不（最后一次）耐着性子和各种机构、部门打交道；我发现有技巧的哭哭啼啼能有效激励男性办事员提升办事效率。那段日子我每天要吃三把彩色药丸，早饭后、午饭后、晚饭后。没多久三把减至两把，因为我再也做不到在正午十二点前醒来。姚医生（五十几岁，银灰卷发，冷酷的法令纹）声称"知道"一个严谨的志愿者社团，公益性质，问我要不要去了解一下。好啊我说。我坐在七位病侪（有这个词吗？）当中。"导师"告诉我有几位缺席了，但七或八差不多就是那一期的全部人数。"辅导课室"藏身维纳斯舞蹈学校，几十间练功房的其中一间。每周一次我和芭蕾舞学员们擦肩而过。她们天鹅的颈项从舞蹈服开得低低的后领一跃而出，束紧的发髻在连续不断的跳跃过后呈现慵懒散漫的状态。她们是一串带甜味的叹息，是你抓不住的氧气泡：掠过你，升向海面，使弯折的太阳令人绝望地摇晃起来。虽然我们的个人信息是严格保密的（他们承诺），但我坚信我就是那期年龄最小的那个。他们一方面敦促我们大搞羞耻感招魂仪式，一方面又对羞耻感挥舞的双刃剑甚为忌惮，因此设计出的"疗程"连美体塑身效果都达不到。他们坚持用英文称呼每一个辅导环节："D for Dialogue""U for Unique""M for Meditation""B for Bravery"……我和姐姐阿姨们要在两小时内把这些环节"过一遍"。"好，现在我们来过一遍。""导师"说，拍拍手，好像下一秒我们就要散开、列队、对镜起舞。我们望着镜中自己：高的矮的胖的瘦的老的少的美的丑的，像一批做坏了的陶罐。我故意浓妆艳抹使自己显得更老成的企图被"导师"识破了，他找我进行一对一的

"沟通"。那些"沟通"发生在"团体辅导"结束之后，在随便哪间无人使用的更衣室里。一度我对"沟通"的兴趣大过于 D、U、M、B 任意一项或它们的总和，等到新鲜感所剩无几我便立刻退出，"接触下来还是不太认同他们的理念。"我乖乖巧巧地回复姚医生。我找了个驾校学车，魏是我的教练，也是我第二十六个快乐伙伴，他的记忆点是"瘊子"和"左撇子"（每个快乐伙伴的记忆点额度都是两个，很公平）——记在那本从记录野外植物转行记录雄性智人的博物学家牌笔记本里。和魏的碰面不是在我家就是在他家。他离婚未娶，湖南口音，住廉租房。我当然还住在妈妈留给我、爸爸借给我的房子里，我认为我永远不会嫁人了。魏说我"看着像个幼师"。当时我们头一回躺在一起，在驾校边上一家快捷酒店的标间。那句评价算是勾勒出〇三年某个瞬间的我。

　　驾照到手之后我就和魏断了联系。他在我家门外坐了几晚，我隔着门骂他是"废物"和"穷鬼"，他回嘴，我俩对骂，他大脚踹门然后消失了。起初我还担心他会藏在哪个拐角里伏击我，于是出门（我不太出门）都随身带刀。可他没有。他就是消失了，永远地。妈妈留下的车（一台白色丰田小轿车）落满了灰，电池耗尽。我拜托某位小区业主（正好路过）帮忙换电池。你想多了，小区业主并没有成为第二十七人。

　　我开起了车。我喜欢滨海公路、嗖嗖快闪的高架桥墩、弧形路灯和塑料道钉的反光。我换了一套私密性很好的车窗膜，凌晨一点至四点的居民区小巷、天黑之后至天亮之前的郊野公园都是比较稳妥的临时泊车点。我攒了一堆违章停车罚单，那堆罚单又招来滞纳金。那阵子就是那样的，到处都给我寄信，纸的，电子的，多媒体的，到处都在催我、警告我、要挟我。那些信面目可憎、嗡嗡作响，同早年间的前辈们殊异。但也简单：撕成两半扔进垃圾桶，烦恼便烟消云散。我想起那台九四年的捷达——九四年的我坐在老房子客厅里看见缓缓驶入院子的橄榄色车顶，松了口气似的想到我们一家三口再也不用被大姑父的丰田大霸王或小姑父的三菱帕杰罗送回家。我想起大姑父有古典音乐和香水味萦绕的车厢，想起小姑父在车厢里粘了一座圣母子塑像和三幅圣母子挂像，想起爸爸的车厢永远空空荡荡、整洁如新（托妈妈的福）。爸爸是另一种人。他让十一岁的女儿开车玩，自己坐副驾握手刹（像个驾校教练）。老房子现在是幸福之家在住了——事业有成的丈夫，青春靓丽的妻子，人见人爱的嘟比嘟比荷兰猪宝宝——白兰树的时光歌剧将为那好儿子重演一遍。

　　而没人要的女儿拿到了驾照，开着死妈妈留下的小白车在夜路上横冲直撞。

生活凋敝下去，活页笔记本厚实起来。虽然我私底下不爱洗澡，可一旦需要走出门去我总会把自己收拾个熠熠生辉。我常常需要花五到六个小时收拾，因此除非事先约好，我只在夜间外出。上午则是绝无见到我的可能。世上还有什么人需要见我？姚医生、偶尔约我见面被各种理由拒绝的爸爸、永远在路上的快乐伙伴们。罗就是其中一位快乐伙伴。我们是在康宁医院认识的。

我在过道坐着等叫号。罗坐我旁边。他说他是病人家属，我说我是来处理 PTSD 的。我当然不是来处理 PTSD 的。我也不是一名景观设计师、不是二十五岁、没有"刚刚在体育馆附近跟完一个新 case"。我穿薄长袖、高腰长裙，新洗的飘香的披肩发，若有似无的精致妆容。他苍白，略带忧郁，无论怎么看都脱不去杨白马的影子，只是眼睛小点儿、鼻梁矮点儿，身形偏瘦，小腹光溜溜的。我非常耐心地尝试了近二十分钟，他才终于哭丧着脸以诚相待：长期服用丙咪嗪害他遇到了一点麻烦。我们扯上被子垫高枕头，开始聊他的思觉失调症。我们从下午聊到黄昏。我们彻夜长谈。真是离奇。也许因为不再对那一小摊躲在被子底下的作废海绵体抱任何希望，也许因为杨白马在他脸上的返照，也许因为我长期服用的多虑平也开始发挥作用……我竟然从我们无为的赤裸中鉴辨出久违的安宁。我仍然是那个受 PTSD 困扰的景观设计师，当我大谈花园配色学和萨克维尔-韦斯特的西辛赫斯特雪园时，罗的安静令人放松，或许正是在那份安静的激励下我又马不停蹄地抨击了意式园林的刻板和法式园林的痴呆；"我从小就被爸爸毒打，他也打我妈妈，后来爸爸娶了别人，妈妈出车祸死了，一夜之间我失去了一切，我难以接受命运的残酷玩笑……"听我这么说，罗就开始轻拍我的头顶。我牵他去书房参观"我的藏书"，"诗、博物学、园林史。"我介绍道。我牵他去屋顶参观"我的花园"，但时值凌晨乌漆墨黑的，况且"PTSD 和忙碌的工作使我疏于照顾花草"——因而并没有什么好看。在和罗相处的五十六天（那真是破纪录的）里，我不否认他的眼神时常空洞、笑容时常僵滞；他对长眠的海绵宝宝一顿猛搓后沮丧地抬头看我时，我不否认，我觉得反胃、打心眼里蔑视他；我背着他往笔记本里添了三个快乐伙伴的信息，我不否认；我也不否认他久久瞪视我的身份证又迅速放下的同时充满我脑海的不是羞愧，而是恶毒的快感——对，我完全承认；我也承认我曾幻想嫁给他，并在同其他快乐伙伴勇攀高峰的瞬间偷偷将他们的脸切换成罗的。

他问我要过五次钱。第一次两百三十五。第二次一百五。

第三次两万。第四次一万六。第五次十二万三千二。他消失了。我找爸爸讨钱的时候没有提及我在看病，因为有一次罗告诫我："千万不能让医生认识你的家人，也千万不能让家里人知道你病了，他们会直接把你踢进住院部的。"

51

有时，半梦半醒间，我看见涌动的光海，还有鸥鸣——我很确定我是看见了鸥鸣而非听见。那片海所占有的风景恍如隔世了。那些风景召唤我。它们摇它们轻软的画面像摇一些丝绸的旗。我也不是忧伤，我也没有悔意；我只觉惊奇：惊奇于它们的远。而且它们仍在延展它们的远。它们堆成一艘邮轮，张灯结彩，吐着烟花，渐行渐远渐无书[1]。比起泡沫和幻梦高筑的前半生，我短暂一生的最后几年实在太过仓促了（一如蹩脚小说家搭下的虎头蛇尾的局）。

时光穿透你我。由于构成个体的材质千变，因此穿透的征象亦各异。有的像一发子弹孔。有的像一梭子

---

1 欧阳修《玉楼春》，"别后不知君远近。触目凄凉多少闷。渐行渐远渐无书，水阔鱼沉何处问。"

弹孔。有的像陨石坑。有的穿透让你粉碎。〇四年四月我去省城看姥姥。她坐在那里，披一层光。右臂肿得像藕——那是乳腺切除手术的后遗症；右肩斜下去，因为做肺部切除手术时打断了两条肋骨——他们说当时的技术就那样，必须打断她的肋骨才能救治她的肺——此外她还有久治不愈的糖尿病，三餐之前必须注射胰岛素。起初我以为她身披之物是光，后来知道并不是；她是披一层不断流泻的回忆之沙——每一秒，沙都经毛孔细细泻出，沙声吹进耳里，轻得像石英岩屑的闪光。

我问姥姥："我是谁呀？"

她看着我身后的墙："你就是你咯。"

嵘嵘姐姐私底下告诉我大舅他们不想再跟我有来往了，那么分姥姥房子的时候他们就能多分到一点。我觉得嵘嵘姐姐的话很有道理，于是再没踏进姥姥家半步。

爸爸那边的家谱找不到了。妈妈那边的还在，保存在北方一个叫作赛马集的村子里。二〇一五年九月，他们翻拍了高氏家谱，带进女子监狱会见室给我看。那一年，嵘嵘姐姐在加拿大生下和第二任丈夫的第一个儿子；小叔叔从广西带回一个怀孕的年轻女孩，比我还小几岁；妈妈在坟墓里；佑恩弟弟打算单身一辈子；姥姥还活着，老年痴呆症发展到大小便失禁的第三期。被时代祝福或诅咒的人在大地上来来去去。种子落在或如意或意外的位置。我喜欢那个古老雅致的类比：椿萱。——据说椿是楝科的 *Toona sinensis*（看见那个指示"中国"的种加词了吗），萱则是助君忘忧的 *Hemerocallis fulva*。于是"椿庭"显得安全荫凉，"萱堂"则秀丽多情。我从不怀疑自己曾置身那样一幅图景，在香椿荫下，在萱草叶边——于生命中某刻。

52

每六名连环杀手里就有一名女性。黑寡妇。兰兹的死亡天使。ASPD。十一岁的玛丽·花铃铛，"智力超群"的小魔鬼，在两个月内相继谋杀了四岁的小马丁和三岁的小布莱恩。地狱贝莉。沉默女士。咯咯笑奶奶。"女性连环杀手首次谋杀的平均年龄是三十二点九岁，其中年纪最大的罪犯五十三岁，最小的十九岁"。莉迪亚·雪曼"被控谋杀亲夫及两名幼子，"一八七三年一月十一日的《纽约时报》告诉我们，"以及毒杀第二、三任丈夫和更多孩子。"她结第一个婚时年仅十九（和耗子的黄毛妈咪同龄），大她十九岁的丈夫送她六个继子女做新婚礼物，后来又让她生了七个。起初一切太平，直到那糟老头失了业。年过四十的莉迪亚穷得活不下去啦，只好杀老公杀小孩开源节流。犯罪及流行文化研究者哈罗德·谢克特教授说得好："这位四十二岁的前妻兼母亲是独具特色的美国人：虔信无限重生、告别过去、拥抱新生活的可能性。"(《致命：女连环杀手有毒的一生》)我闷头填完了姚医生推给我的测试表——"你外形迷人吗？你爱找刺激吗？你容易生厌吗？你撒谎成癖吗？你干坏事时良心会痛吗？你淫乱放纵吗？你是游手好闲的寄生虫吗？……"——我得了五十六分：超出警戒线二十六分的傲人成绩。我把大家伙儿的名字写下来，给每个名字都配上极简主义肖像。奶奶：半融化的肉冻。大姑妈：头顶开始秃了。假面人大姑父。姥姥的眼珠里尽是螺旋圈圈。爸爸：一坨狗屎。他的小娇妻打扮成站街女的样子。还有小弟弟。哎哟亲爱亲爱的小弟弟，我给它画了一辆嘟嘟车、一只毛毛熊和一把纸皮枪。一切准备就绪之后我们就要开始玩找罪人游戏了。我右手做一个罩子。他们急急忙忙钻啊挤啊，争相伪装成罪人。右手罩上去了。现在他们个个看起来都是罪人——我知道，他们不过是想替那个真罪人打掩护，那个最可恶、最得宠的心肝宝贝，那个夹着一根棍子一个袋子就天然地让所有人满意的阿B仔、全长九十厘米的耗子、正值肛门期的我的小弟弟。我画两棵树，父树在左，母树在右，都是三层；乍看像苹果，有黯且粗实的主干、合理舒张的树冠。你就当它们是苹果吧，或任意一种伴你成长、会结果子的乔木。我的童年之树是白兰、桑、杧果和缅栀子，苹果不在我天赋的纬度里。父树和母树挽手于一点：一颗果子，挂牌"张枣儿"，正是那颗果子使两棵树有理由结伴而立、被画下。两棵树都还在长，只是显而易见地愈发稀疏：部分是政策导致，部分是个人意志导致。人又不是树，不会逢拗必弯、逢摧必折。这两棵树啊，许多老枝已经抵达终点，永远停在那里；还有一些呢，就是不由分说迎风断了。还有接穗、环剥和涂改，于此处彼处。总而言之，就是被岁月平平常常吻过、伤疤不多也不少的两棵树。我画了又画。从根到茎，到枝到叶，到枯枝败叶，到遭虫蛀的果。我为那些折断与腐败在地的画了小小墓碑。

　　我收集了各式各样的死法——啊收集，我的救赎，不是收集这个就是收集那个，总得收集点儿什么——整整四个月，我把自己关在屋里重回魔市，生命之蔓终于再度顺着我指甲弯长的赤脚、皮屑鳞鳞的小腿往上爬。我似是回到过去：一切尚未发生，爸爸妈妈无伤大雅地追逐打闹，书桌上堆满了书，绘有植物图样的散装纸页随意落着，没有人出生，没有人死去，没有人相遇，没有人离开，世界只是沿着既有轨道滑行、滑行；我望见雾中月台，铁轨上嵌了一辆破破烂烂的平板车，那便是我唯一、唯一的去路……耗子药。百草枯。托法娜仙液。空气针。大铁锤。旅行者腹泻。二氧化碳中毒。溺毙。坠楼。车祸。无论挑哪种，都必须离耗子近些、近些、再近些。我在一个阳光强烈的正午把格式化了的笔电带上花园（已是荒草丛生的小型废墟），用一把锤子仔仔细细砸个稀烂。我收拾了冬装、春装、香水、几本假模假样的书（《心的重建》《疼痛与拯救》《单亲孩子也能幸福成长》）和洗漱用品（这些东西刚好塞满一只二十四寸行李箱），写满邪恶秘密的博物学家牌笔记本则贴身携带。我统共只剩两百三十四块钱了，却还是去了趟理发店，把干草样的过肩发剪成讨人喜欢的齐刘海波波头。我目标明确、容光焕发，我因目标明确而容光焕发。裹一件颇显气色的猩红大衣，唇上涂"危险女士"，手扶行李箱拉杆，我站到了幸福之家大门前；我听见门后涌动着摇篮曲、赞美声和甜蜜欢笑——我想象自己听见了。那是〇五年二月四日，再有五天便是春节。

53

她也二十二岁，我也二十二岁，可我偏要叫她妈咪。起先她有点难为情，"叫我阿芬就行了。"她说。耗子的脑袋紧挨她的锁骨，她上上下下颠着那个丑八怪。爸爸反复说"你看你弟弟多可爱,跟你小时候一模一样",拜托,眼瞎吗?我说:"你好呀小宝宝,叫姐姐。"我把食指伸给它,它一下就握住了。我甜甜地、谦谦虚虚地叫妈咪,叫弟弟,尤其是在外头。我们一家四口齐齐整整出门的机会不多,爸爸跟以前区别不大:夜不归宿,逢年过节找不着人。他们置办了一张单人床,让我睡"电脑房"。他们把通风百叶堵起来了。我躺在那张簇新、局促、散发淡淡甲醛味的单人床上,想象我的故事将如何被胸怀正义的陌生人书写:"冷血毒娃""爱无力——独生子女之殇""兽性背后"。年迈的小学班主任将对法制报记者这样描述我:在老师面前乖巧有礼,在同学中间搬弄是非。隔壁传来孩童啼哭声。接着是一阵轻柔的慈母的劝慰。我费尽心思经营家庭时光,像一名尽职、绩优的客房经理,于是到六月份的时候,耗子已经拽着我的手不放、到哪儿吃饭都必须坐我旁边,阿芬则夜夜找我哭诉望不到头的寂寞和不时遭受的皮肉之苦。时而在"电脑房"(里面已经没有电脑了)硬邦邦的白炽灯光下,时而在丈夫失踪的双人床头,阿芬向我展示她身上的饼型或栅栏型瘀血。她的鸡屎黄长发早就染回黑色——问都不用问,一定是爸爸强制的,我那个有趣的爸爸呀,为野花和家花设立了两套泾渭分明的律法。从野外移植进私家花盆的阿芬都经历了什么？妆不让化了，大批衣物丢出去，低胸装啦、渔网袜啦、超短裙啦，洗衣做饭奶孩子（她差点就要把乳头挖出来给我看，被我婉言谢绝），啧啧啧，区区两年就从少女沤成黄脸婆。"我以前不懂事，现在开始理解建文姐了，"她嘤嘤地哭，我露出圣母式哀容拍她手背，"不容易，真的，建文姐和你都好不容易，我好感谢你。"还有几次她情绪失控，捂着脸祈求妈妈的"在天之灵"能给爸爸一些教训。

但并没有什么在天之灵。也没有地狱，也没有报应。在我偷偷收集的浩若繁星的凶器里，有没有足够隐蔽、会突然由软变硬的一种，当我用它报仇雪恨时不被认出？我会是公正的。我口含记忆的冰锥。我编了借口躲开耗子，溜进大院踽踽独步。大院又小又浅，奥秘一哄而散，树也不再是旧时模样。白兰花瓣掉下来。六月的气味变了。月末一个半夜爸爸又开始打阿芬。耗子吱吱哀嚎。我躺在我的单人床上听着。我把整只右手放进嘴巴。

54

那个下午终于降临的时候，地球上没有一个人知道它意味着什么，包括我。

爸爸在上班。一台黑色奥迪取代了早前的橄榄绿捷达，驶进院子的时间总是飘忽不定。院子大多数时候是空的，阿芬抱着耗子站在里头，给它指，"树树。"她说，"喵喵。"她说。那天下午连阿芬也不在。我捏一截粉笔蹲在院子水泥地上画画。"鸡鸡，"耗子说，我就画一只痴呆鸡，"花花，"耗子说，我就画一朵傻逼花。近来我们常干这个。阿芬啥都画不来。当耗子跺着脚大嚷"画画"时，阿芬就笑眯眯地指我："找姐姐。"那戆居仔能老老实实坐着看我画一个下午。

我们画天画地。画完车车、鸭鸭，它要鸟鸟。正好飞过一群鸟——准确来讲是鸽子——从白兰树到屋顶，横跨我们。我们一起抬头望，"鸟鸟！"它指着鸽群瓮声瓮气地叫，像初次施放咒语的学徒，像第一个用语词击中万物的智人，它笑了，露出亮晶晶的粉色牙龈，笑得倒在我身上。

我一灭，一亮。我变成一绺波纹，随它的笑声袅动。我保证我内心充满了粉嫩的液体，粉嫩一如它的牙龈，"想去看鸟鸟吗？"我问，它点头，我们站起来，拍掉屁股上的灰（它笨拙地模仿我，边拍边耸起肩膀傻笑），我把粉笔头放回门边空花盆，进屋拿钥匙，锁门，被它牵着，走进楼道，那种老房子没有电梯，我们慢吞吞地走了七层楼，其间它问我"那是什么"（指着角落里一只肚皮朝天的椿象尸体）、形容了斜织于楼梯间的金色阳光（"大刷刷"）、请我坐下歇一歇。我们在五六楼之间歇过一次。它替我捶腿，端出一杯虚幻的热茶请我喝（卖力地吹那虚幻的热气），它直达天堂的笑声引得五楼一户人家开门查看，确认一切正常后轻轻缩了回去。我们重新攀登，一下子就到了：那扇通往楼顶的铁门，锈迹斑斑如同十余年前。

我发誓，我保证——直到拉开门闩、推开铁门、城堡状白云和坚硬蓝天一股脑拍在我们脸上为止，甚至稍后——它亦步亦趋地跟我跨入那一百七十平米的逆风高地并迎着阳光眯起睫毛浓密的杏仁眼——我一直、仍然，抱有且只抱有带它近距离欣赏鸽群的目的。它显然第一次拜访屋顶，想去考察那些涂料斑驳的围墙却又不敢。它穿那双嘟嘟乱响的宇宙牌闪灯鞋走在前面，拉扯我的手臂像纤夫拉扯巨轮。

那么究竟是什么东西、在什么时候，说出了那个词？阴险地，嘶嘶发响地，说出那个词？

可能是那片浑浊不清、形似鸽粪的灰白痕迹，以及黏附其上、如塑料袋迎风翻飞的鸽笼幻影。可能是那脉青山，主峰（倘若海拔六百米的土坡也配得上这个壮丽名词）像一块梯形积木，平顶上摆了两团圆滚滚老树并一座青色岗哨，边境铁网沿着山脊车出一道蕾丝花边。可能是变乱的楼群屋宇，稍稍偏西的三点钟的太阳正从它们身上提炼耀眼蜂浆。可能是一种突然袭来的哀愁，先表现为不碍事的刺痛，很快演变成洪水、飓风、（简言之）灾难：我眼中噙满热泪，任回忆派来的希区柯克式群鸟啄杀我的肉身。耗子摇我的裤腿问"姐姐哪里疼"，用小爪子抚摸每一处它认为可能是伤口的所在，同时轻柔地吹气。这个关头，我本应像个健康的智人破涕为笑赞它乖因性善论又一次被印证而激动万分并鼓励它夯实这一美德但我没有；我一把拎起它的右前肢，它显然被吓住了，一声不吭任由我拖着，一直拖到围墙边，被抱起，落在一掌来宽的墙沿上，是南边围墙，因为我们正面对山脉，阳光疯汉般细致地描出坡上每一团树冠的阴影，那些绒绒绿草、微小坑洞……耗子哇哇大哭，向我求救，爪子推搡我的手臂宛若柳丝轻抚，我向下望，垂直高度使我晕眩……然后它们飞回来了，那些鸽子，崖岩的身体，宝石的头颈，掀起噼噼啪啪的远古的回响，哥伦布和孤儿，灰粉色肉块点缀的粥，被智人赶尽吃绝的黄胸脯远亲，雾旅人，摇荡的马鬃，腥甜的风景，一个笑，蓝色树丛摇着胡子，一记耳光，橘子，那些喘息，烧成白灰的三百三十七封信，哭鼻子的佑恩，一轮夕阳，小男孩通红的肉手，从主人脚上挣脱、跌落围墙根的宇宙牌闪灯鞋。

十 流溪

55

有没有那样一个时刻，少女望着流溪林场滴翠的山林思想她的青春。她正是十八九岁，每天在扩音器的催促声中晨起。那扩音器是绑在一根刨得毛糙的杉树原木上、戳进阴沉的黎明天空里的。她竟日劳动、出汗。不久前她落过一次水。一个年龄相仿的林友二话不说扎进翻腾的翠泊、救她上岸。湿润的肉体的质感因情急而未及留意，她和他都是。人家说那个年轻人一直爱她，她只笑笑。她突然爱上十九世纪庄园小说、幻想自己衬着大落地窗和松林月色弹奏钢琴也是在那个年龄——大概率受了姐姐影响，那阵子姐姐正在和一个英语系大学生谈恋爱。

少女望得出神的那片山林我说不出更多，我甚至无法证明少女真的望过、思想过。她的头脑出奇的寡淡，她的一生随之寡淡得出奇——除了最后几年，在一片再也压不下去的混乱中，她好像突然被折断：那也许说明她终于开始思想——她一头撞入只有一圈无影灯高悬的时空；她撞入得太晚了。

我说不出少女的十八九岁，说不出少女活在其中的那片风景。只不过是上一代的事，却已埋葬得很深。我一直想象那是一片滴翠山林，有一种如雨的绿色淡淡地扫，扫得一切将要化了；有一片且傍且依的湖；有一条一往无前奔涌的溪；那种绿色是淋不湿人的。我这样想象只因它在她口中是"流溪林场"。在她还活着的时候，我从未想过去核实那想象。

拿到驾照的〇四年三月，我拉上车门，照着刚买的〇二年版省城地图开，先是朝北开，然后迎着微垂的下午的日头开。我在省咸高速收费站问了一次路，在九〇九省道入口处又问了一次。我把车停进空旷、簇新的收费停车场（倒车时费了好些劲），才发现少女的林场已经变成国家森林公园。我买了一张票。票上印着滴翠的山林、一个湖、一条插入得很勉强的奔涌的青溪。我在愈发黯淡的、潮湿的林间步行，听鞋底碾轧碎石或松针。都是次生林：那些人工种植的、假模假样的、长在原生植被废墟荒冢之上的补偿性二手货。我在假货间穿行。我找到一座湖，浓得发绿。我想象少女就是在此处落水。我掏出叠成方块的她的遗书，展开，搁入湖面。那两页写得密密麻麻、被抚摩得毛茸茸的 A4 纸先是愣了一下，继而发出轻叹，顺从地拥抱了从四面八方聚拢来的甘浓命运。

图书在版编目（CIP）数据

流溪 / 林棹著 . -- 上海：上海三联书店，2020.4（2024.5 重印）
ISBN 978-7-5426-6998-8

Ⅰ.①流… Ⅱ.①林… Ⅲ.①长篇小说–中国–当代
Ⅳ.① I247.5

中国版本图书馆 CIP 数据核字 (2020) 第 049598 号

流溪

林棹 著

责任编辑 / 殷亚平
特约编辑 / 张诗扬
装帧设计 / WSCGRAPHIC.com
监　　制 / 姚　军
责任校对 / 张大伟

出版发行 / 上海三联书店
　　　　（200041）中国上海市静安区威海路755号30楼
邮　　箱 / sdxsanlian@sina.com
联系电话 / 编辑部：021-22895517
　　　　　发行部：021-22895559
印　　刷 / 山东韵杰文化科技有限公司
版　　次 / 2020 年 4 月第 1 版
印　　次 / 2024 年 5 月第 6 次印刷
开　　本 / 850mm×1168mm　1/32
字　　数 / 110 千字
印　　张 / 6
书　　号 / ISBN 978-7-5426-6998-8 /I·1617
定　　价 / 48.00元

如发现印装质量问题，影响阅读，请与印刷厂联系：0533-8510898